岛上的二十岁

林靖怡 / 著

My 20s in Hong Kong
Study, Travel and Fun

当代世界出版社
THE CONTEMPORARY WORLD PRESS

图书在版编目（CIP）数据

岛上的二十岁 / 林靖怡著. —北京：当代世界出版社，2018.1
ISBN 978-7-5090-1283-3

Ⅰ.①岛… Ⅱ.①林… Ⅲ.①散文集—中国—当代
Ⅳ.①I267

中国版本图书馆CIP数据核字（2017）第279761号

书　　名：	岛上的二十岁
出版发行：	当代世界出版社
地　　址：	北京市复兴路4号（100860）
网　　址：	http://www.worldpress.org.cn
编务电话：	（010）83908456
发行电话：	（010）83908409
	（010）83908455
	（010）83908377
	（010）83908423（邮购）
	（010）83908410（传真）
经　　销：	全国新华书店
印　　刷：	北京墨阁印刷有限公司
开　　本：	880毫米×1230毫米　1/32
印　　张：	8
字　　数：	165千字
版　　次：	2018年1月第1版
印　　次：	2018年1月第1次
书　　号：	ISBN 978-7-5090-1283-3
定　　价：	46.00元

如发现印装质量问题，请与承印厂联系调换。
版权所有，翻印必究；未经许可，不得转载！

自 序

十几岁的时候,我离开父母来到香港大学读书。港大在香港岛上,依山而建,整个校园像是顺着山势渐渐向上攀爬的立体迷宫。我就在这小岛上的迷宫里读了四年书,后来旅行、出国交流学习,终于还是回到了这里。

离开小岛的时候,我往往很开心,和同学们一起去澳洲读暑期学校,去加拿大交流学习,在美国自驾一个月,穿过西部加州海岸,在法国、瑞士拎着箱子走走停停。然而时间久了,总会怀念这一湾碧蓝的海水和岛上郁郁葱葱的树木。夜晚有灯光的时候,常能见到车子顺着弯弯曲曲的林间小路慢慢爬上港岛的山坡。

我们这一代 90 后生活节奏很快,常一个人漂泊在外,对未来感到焦虑。从某种程度上来说,我们每个人都生活在自己的孤岛上,与其他岛屿遥遥相望,期待洋流常常经过,带来远方的消息。从岛屿到陆地,再到海洋,二十几岁的我们不知道自己到底想要去哪里,却明白此时我们的每一个选择都对未来的日子影响深远。

这本《岛上的二十岁》,我想写给像我一样不断努力适应新环境的年轻人。第一次用英语写论文、第一次在冬天踏着积雪去图书馆查资料、第一次预订飞往大洋彼岸的机票、第一次拎着行李箱走在异国他乡的树荫里。愿我们都有勇气去努力拥抱生命中无数未知的可能性。

此外,也想写给那个为了生活正在不断努力的你。我们每个人都是一座孤岛,每天会遇到新的困难、新的挫折。愿你有毅力、有恒心,能够坚持到底。

　　这本书里写了我的二十岁，有读书、有旅行、有对于年轻时生活的感悟，也有对未来的向往。

　　不管年纪多大，我们总能回忆起自己二十多岁时的样子。不管年纪多小，我们总憧憬自己二十多岁的时光。

　　十几岁的时候，我常常想，要努力呀，不然二十几岁的时候该怎么办呢？现在我二十几岁了，却又常常焦虑，人生已经过去四分之一，要努力呀，不然这一生要怎么办呢？

　　这样看来，也许解决忧虑最有效的方式就是踏踏实实去做事了。不要犹豫，不要担心，不确定可不可以做到的时候，大胆地试一试。

　　这是二十几岁时的我写给自己的解药，我把它写进自己的书里。

　　希望读书的你，在这里也能看到自己的二十岁。

林靖怡

2017.8.30 于香港

目 录

Part 1　委培年，在上海交大 / 001

上海

| 交大委培生 | 003 |

Part 2　在岛上读大学的那四年 / 007

香港

初到香港	009
初到香港大学	011
初到舍堂	014
OCAMP	017

	住 HALL 生活	020
	教莎士比亚的老太太	023
	粤语课	029
	ABODOMO 老师的语法课	032
	港大"上庄"经历	035
	高桌晚宴	037
香港	公关实习生	041
	男校教书记	044
	在山上的学校里实习	048
	业余时间	051
	广州行	053
	深圳小记	056
	二十年前后，我与香港	058
澳门	塔上烟花	063

Part 3　南半球的暑期学校 / 069

悉尼
初到悉尼	071
南半球的冬日"暑期课程"	074
悉尼有石墙	076
岛屿国和你们	079

蓝山
| 悉尼以西 | 083 |

墨尔本
| 墨尔本的大红唇 | 087 |

凯恩斯
| 黄金海岸、香蕉园和海上颠簸的船 | 091 |

Part 4　一个交换生的自我修养 / 095

京士顿
启程	097
初来乍到	100
皇后大学	103
英文选修课和导师 BINHAM	106
维多利亚时期文学鉴赏	110
记一次极难忘的英国文学考试	113

多伦多	多伦多：彩色涂鸦和百年城堡	121
尼亚加拉瀑布城	尼亚加拉瀑布	125
渥太华	渥太华	129

Part 5　纽约圣诞，西海岸跨年 / 131

纽约	帝国大厦上的金刚	133
洛杉矶	冬日阳光	137
	荒野行	139
拉斯维加斯	一半是狂欢，一半是花火	143
旧金山	游子归家	147

Part 6　瑞士十日，从湖泊到陆地，城堡到雪山，探寻内陆之光 / 151

苏黎世	圣诞节	153
蒙特勒	黄金快车线和圣诞集市	159
	西庸古堡	162
日内瓦	日内瓦	167
伯恩	伯恩古城	171
因特拉根	跳伞记	175

Part 7　离开小岛的日子 / 179

巴黎	卢浮宫外数星星	181
曼谷	"曼"行记	187

蓬莱	心之所见皆幻影	195
重庆	重庆小记	199
长沙	书院、亭子、工夫茶	207
上海	故地重游	213

Part 8　二十几岁时，岛上岁月教会我的事 / 217

随笔	书当快意读易尽	219
	小确幸	225
	影院里的人	227
	李雷和韩梅梅	230
	过年	233
	有时感到孤独，可能只是不够辛苦	236
	造梦者	239

PART 1

委培年，在上海交大

上海

麦培年，在上海交大

交 大 委 培 生

2010年我高中毕业考入香港大学,却在第一年去了上海交大。

当时内地学制是大学四年,香港则沿袭高中四年、大学三年的学制。其中有一年的时间差,录取的内地生就被送到北大、清华、复旦、交大、南大、浙大、中山、厦门大学这八所学校进行委培。

我就这样来到了上海。

2010年的闵行区还是上海郊区偏僻一隅,交大也因此被戏称为"上海西南某高校",江湖传说这里偏僻荒凉,男女比例畸高。到了学校我才发现原来传说是真的,交大附近的确是偏僻的"闵大荒",不仅没有大型购物商场,连餐厅都少得可怜。只有校门口那几条交错的小街,沿街开了几间门沿低矮的小店。白天,流浪猫躺在小餐厅前慵懒地舔着爪子,油腻的门帘后面,几个小哥正孤独地炸着肉串和薯条。

那时去市区要先出交大的"拖鞋门",在略显拥挤的校门前拦一辆出租车。大概十分钟的时间,过桥,过几片行人区和商场才会到东川路地铁站。之后又在莘庄换乘地铁一号线,辗转要花两个多小时抵达市区。

我记得那时很怕在上海乘地铁,怕闸门打开的那一刻洪水般涌出的人群和背后巨大的推推搡搡的力量,怕身旁无秩序的汹涌人潮,怕下车时无数人挤向闸口,不小心在推搡中摔倒。

但久而久之,我发现其实没有什么好怕的。地铁依旧要坐,并不会因为我的害怕而让交大和市区的距离缩短。我也不会因此放弃去市区玩。唯一能做的就是妥协和习惯。

我最初开始学会和生活妥协,竟是大一坐地铁的经历教会我的。

上海市区很好地利用了相邻地铁站之间，不同大厦的地下空间，营造了许多有趣的购物街出来，卖的大都是女生用的小东西，具体什么已经记不清楚了。印象中有很多毛绒公仔，特别是迪士尼最新动画里的角色。空闲的时候，我也去日月光中心和人民广场，去新天地和田子坊，去来福士广场和巨鹿路的小街小巷。当然这些地方游客也很多。

交大校区很大，又是新建的，建筑物有种整齐划一的秩序感。教学楼和宿舍区之外还有大片大片的荒地，平时很少有人涉足。建筑物大都是一个个方块形状。教学楼清楚地分了上、中、下院，一律砖红色的外墙，里面则更像是一个迷宫。赶时间的时候很容易从一个院落走到另一个院落，曲曲折折中被砖红色的回廊遮了视线，迷了路。

然而，就是这个经常活动的区域也要步行半个小时往返，于是很多人会骑车。教学楼和宿舍外面有一排排的自行车密密麻麻地锁在那里，远看像是整齐的多米诺骨牌，好像一碰就要整排倒下去。

校园餐厅的食物味道都差不多，分为一、二、三、四、五餐，饭菜大约和名字一样寡淡无味，难以区分。因为校园大，餐厅之间隔得很远，很长时间内我只在两个餐厅吃饭。大概很多大学都是类似的情形，学生们在学校为的是读书而不是做美食家。

当然，上海大学坊间传闻"吃在同济"，说同济餐厅多、味道也好。我没有去过同济，因而不知道传闻是否属实。

大概是为了学弟学妹着想，交大师兄当时做了一个网页，叫"饿了么"。最开始还只是交大的师生在用，登录后可以买校外的几十间小餐厅的外卖。我常叫麻辣烫和烤串，然后慢悠悠地等送餐小哥骑着摩托车打电话通知下楼来取。那是2011年，"饿了么"刚在交大诞生不久，覆盖到的也只有校外的一些烤串冷面店、韩国料理店。后来我在香港读了几年书，再回内地的时候发现大半个中国居然都已经在用"饿了么"，一下子有一种"山中才一日，世上已千年"的感觉。

交大宿舍楼分男女，一般是整栋的男生宿舍，整栋的女生宿舍，中间隔了一个绿色小花园。不远处有小食堂、浴室和一个迷你湖泊。夏天阳光好的时候，绿色广场就连起了纵横交错的晾衣竿，女生们的花被子、小裙子晾在日光里，被风吹着，花纹翩翩起伏像是彩色的长廊。

那一年冬天奇迹般地落了雪，草地积雪上常常出现男生表白的字迹，刻在雪地上。阳光下的积雪亮得刺眼，那字迹也就浮在刺眼的白色之中，渐渐沉下去，颜色愈发深了很多，像是镶在白色画框里的书法作品。

附近的小湖冬天里大部分时候是不结冰的，偶尔有薄薄的一层白茫茫的雾，早上太阳升起来的时候也就散了。倒是常有流浪猫，三五成群聚集在湖边食堂周围。大约是有学生和员工殷勤照看，它们的数量与日俱增。下午阳光好的时候常看到几只躺在湖边的木板上伸着懒腰，有一只通体雪白，只在额头上有一朵黑色的雪花一样的斑点。那只猫常常出现在宿舍楼下，柔软的小尾巴轻轻柔柔地缠住你的腿，一圈一圈围着你转。

那时宿舍里还没有装空调，也没有暖气。冬天很冷的时候，只能去公共浴室冲凉。我很不喜欢公共浴室，也许因为那掀开帘子之后氤氲着的白色雾气，也许因为开放的空间。无数个水龙头一齐哗啦啦流着水，满室蒸腾着热气。

选课的时候，交大自己的学生必修"马哲""思修"等理论课程，主要是政治类的。我们是委培生，少了类似的要求，却也有难熬的时候，例如数学课。交大学生理科功底很好。作为文科英文专业的学生，第一学期就要学微积分，真是个不小的挑战。

上课的是一位年近花甲的先生，头发已经花白，上课像是在读经书，念念叨叨，不断地在黑板上推导着定理，我还没看明白他就已经擦掉继续写新的内容了。然而他给出的解释却极为有限，只是随便读一段定理，看似不经意地写几个公式就过去了。

这也许是我大学年代最后的数学课，之后到了港大就再也没有读过数学了。然而记忆里却留有艰深苦涩的演算和推导，占据了漫长的时光，每每熬夜推算公式都会揉着发酸的脖子陷入沉思。

那时，所有科目都有课本。英语课本最有趣，像是高中教材一样，有单词表、课文、阅读、写作等部分。还有英语听力课，竟然也有课本，大多是听力理解和填空训练。语文课本是最厚的，有很多阅读内容，像是一本换了封面的名家作品赏析书。语文老师常强调理工类大学对文学素养培养的忽视，脸上带着无可奈何的神色。

在交大时，我觉得一本课本已是极大的负担。后来到了港大，很多课程是没有课本的，只是围绕教学内容有很多英文必读书，遂又开始怀念有课本的时光。后来，这种类似的反差循环曾经数次出现在我的生活之中，每一次都仿佛是为了提醒我，要知足，要珍惜当下。

2011年，我离开上海，行李箱里是一年的课本、杂志和书籍，脑海里时常回放着这一整年身边朋友、亲人给我的关爱。我把它们锁好，带在身边。后来尽管去了香港，也时常回来，和从前的朋友聚聚，吃饭聊天，去从前的街巷逛逛，仿佛旧时光从未远离。

PART 2

在岛上，读大学的那四年

香港

在岛上，读大学的那四年

初 到 香 港

2011年夏,我踏上了赴港的飞机。

八月的香港焦躁、灼热。氤氲、潮湿的雾气笼罩了小小的城,天空像是无边的蓝色的大网,直直扣下来,严丝合缝地笼罩了一切,只留几朵云苍白地挂在地平线上,像是网上的刮痕不起一丝波澜。网内无风,整个城市像是快要窒息的池子,一切生物都在网中有气无力地扑腾着。高温、潮湿,所有的空间被摩天大楼分割成支离破碎的一块块小格子。

热气从城市的摩天大楼地面升腾上去,每个街口都是热而拥挤的,城市像是煮好的热水,在热浪中咕嘟咕嘟冒着泡泡。城市中上百万部冷气机日夜不停地运转着,楼外冒热汗,楼内冻得像冰窖。

于是人们就像池里的鱼一样,从一个个小格子里奋力游到水面上张着嘴喘息。人人都害怕那没有风的城市地下,害怕那咕嘟冒泡的池底,害怕被融入那升腾的燥热的泡沫中去。走在路上的人们步履生风,脚下似能带起一阵细小的尘埃,在夏日的阳光下静静飘着。

阳光是灼热而耀眼的,然而毕竟穿不透城市上空那氤氲的潮湿的空气,只是给城市平添了热力。光打在高高的摩天大楼幕墙上,像是一个巨大的金灿灿的火球,嘶吼着,舔着幕墙的边缘,凿出一个个细碎的光斑,在玻璃之间跳跃闪烁。继而那光斑分开,在幕墙的不同平面上折转分散,变成一条条金色的细线。

这个城市很少起雾。阴天的时候城市里的万家灯火就变成无数的小太阳。晴朗的日子里,无数的摩天大楼玻璃幕墙上都带着阳光浅浅的痕迹。

我生长在北方,树木多是细碎狭窄的叶子,夏日里远处可见浓郁的绿荫,可走近了只看到丝丝缕缕的细微绿色,像是含蓄的来自夏天的问候。还有很

多松柏和柳树,有时路边也有芙蓉树,春天开了粉白色的花,密密麻麻开遍了整个树冠,高中时,我一日日经过这树下,往往是背着沉重的书包,永远是疲惫地踮起脚去探寻头顶高高的目标,脚都痛了,却担心一松懈就会回到平地,回到那个真实渺小的我。

　　北方的夏天,我是那个平凡的我,湮没于众人之中,在细碎繁杂的夏日绿荫里日复一日埋头做题。

　　在这个南方的都市里,我是那个高考后升学如意的我。如愿以偿进了港大,却发现这个城市常年笼罩在夏日茂盛而浓郁的绿荫里。

　　想起那句关于夏天的诗:"绿树浓荫夏日长。"

　　都是夏日,却有不同的样子。

　　寒来暑往,我已离家千里。

　　香港的树大都高而粗壮,夏日里是蓬勃的洒脱的绿。很多树木上了年纪,生在道路两旁、学校里、公园里,绿荫铺散开去,遮住了半边天空,而树干则是老而坚硬,带着灰绿色的泥土气息。

　　此时的我站在街边,看着这个熟悉而又陌生的城市。上一次来,我在读初中,和妈妈匆匆看过海洋公园,坐在旅游大巴车上忙乱地路过大小街衢。刚巧那次有天也下雨,看着路边的一切都蒙在丝丝的雾气之中。

　　转眼之间,我们又见面了。就像生命中的无数次际遇一样,你以为只是一段平常的旅程,一段必须要经历的时光,就像街头擦肩而过的路人一样,走过就走过了。可没想到兜兜转转又回到这个城市。原来以为的分岔路竟然就成了相交错的十字路口。

　　2011年八月,天气极炎热。我在一树的蝉鸣和满城的氤氲湿气中来到了香港。我知道这个夏天会很漫长,我和我的大学生活将由此开始。

初 到 香 港 大 学

港大很小,建在港岛西面的山上。

我到校的时候离开学还有一个月,校园里人不多。盛夏八月,学校中心的"开心公园"里不时走过几个穿着超短牛仔裤的本地女生和戴着酒瓶底眼镜的本地男孩,步速很快,一转眼就闪进了对面的图书馆里。

"开心公园"这个名字我到毕业都不知道是怎样得来的,只是本部图书馆外面的一块空地,有一片小绿地,种了树木和花草,四周用椅子围起来。平日经常有学生等待上课的时候坐在这里看书。学生活动也常常选择这片小空地。

图书馆是一栋白色的建筑,并不高,正对着钮鲁诗楼。向上有台阶可以去荷花池和教育学院的邵逸夫、邵仁枚楼,向下则通往艺术学院上课的本部大楼。香港夏天漫长而炎热,女生几乎都穿一模一样的超短牛仔和T恤衫,男生则大多穿一件印着简单logo的短袖衫,搭配松松垮垮的裤子,很随意地出现在校园里面。因为各个学院又有自己的图书馆,更多人就习惯于将图书馆当成自习室。考试前,楼下星巴克人山人海,二十四小时自习室座无虚席。当然,也有下课立刻回家的本地学生,永远都只留下一个行色匆匆的背影。

荷花池建在盘旋曲折的楼梯一侧,小而静谧,是一方长满荷花的池塘。有小乌龟悠闲地从池水里探出脑袋来,在盛夏的阳光里打着盹。旁边有一座孙中山先生的坐像,刻着他那句著名的"我有如游子归家"。晴朗的天气里,很多游客会和先生的塑像合影,一个小花园因此经常是喧嚣拥挤的。

香港后来进行大学改革,由三年制大学改成四年制。于是港大就在对面山坡上进行了扩建。我刚到学校的时候,工程只进行了一半,可以见到飞扬

的尘土之中新校区崭新而又摩登的风格,白色巨大的钢筋混凝土建筑巨兽般蹲踞在山上,和百年校园的古朴形成了鲜明的反差。

第一天到达校园,爸爸妈妈和叔叔阿姨一起来送我。我们坐在开心公园的长椅上,看着山下的港岛和山上的学院楼,一座一座迷宫似的隐匿在一抹浅浅的绿意里。我的内心不由忐忑不安起来。

我是一个不那么情愿拥抱挑战的人。有的人面对生活中的变数永远是昂扬的,像个踌躇满志的斗牛士,又像是出征前的猎手,要去猎获命运里丰盛的馈赠。而我不是。面对未知的挑战,我更多的是不安和紧张,像一只神经高度紧张的小兔子盯着面前未知的茫茫然,无辜地抽动着鼻孔、抖动着耳朵,几乎想要靠嗅觉和听觉来探察未来。

读书时起我就更喜欢静态的、规划有序的生活。我甚至会提前把每一天的时间分成规整的几部分,再一一把相应的科目对应好,根据自己的学科强弱具体划分时间。换言之,我已经习惯自己规划好的日子,按部就班地追逐已知的目标,在熟悉的领域做出努力。

然而,此时这些都失去了用处。生活已经不再按照我的常理出牌。突然来到陌生的城市,面对和内地完全不同的教育体制,开始接受英文和粤语的授课。我像寒夜里独行的旅人。月色清冷,天空广漠而深邃,树影里筛下惨淡的月光,在寒风中瑟瑟作响。一路走着,内心失落,仿佛每个毛孔中都是杯弓蛇影般的焦躁和不安。

许多年后,第一次看小汤哥主演的电影《明日边缘》,看到主角在梦中一次次重新回到原点,重复自己的经历,每一次重复都是在之前经历上的完善和改进。然而,很可能就是失败,然后又要重新来过。

那时距离我初到港大已经隔了五六年的光阴。我仍在想,如果可以重新来过,是不是会有不一样的结局?也许我会重新回到入学的时光,拍拍自己的脑袋,告诉自己,不要怕,勇敢走下去。

然而我不能。虽然也未就此妥协,但从入学的那一刻起,我已经意识到,未来的四年将会漫长而难忘。我已经结束了十八年的内地读书经历,将要在陌生的环境里开始新的旅程。

初 到 舍 堂

港大的学生宿舍叫"舍堂"。香港本地学生把住舍堂叫作"住 Hall",和"做兼职(part-time)""谈恋爱(拍拖)""读书""参加学生社团活动(上庄)"一样,成为香港大学期间一定要做的五件事。

港大的几座舍堂并不集中,四散分布在校园附近的区域。其中太古堂和李国贤堂在本部校园,利希慎堂、伟伦堂、利铭泽堂位于沙宣道舍堂村,何东夫人纪念堂和施德堂位于赛马会第一舍堂村,马礼逊堂、李兆基堂和孙志新堂位于第二舍堂村。除此之外,还有大学堂、利玛窦宿舍和圣约翰书院。后来港大又开了三村,在山下的龙华街,我们那一届并没有入住的学生。

入学前我大致浏览过学长学姐们写的资料,发现几乎所有舍堂都有简称,大部分是用英文名字。大家叫施德堂"Starr",叫何东夫人纪念堂"何东",叫利玛窦宿舍"Ricci"。同样的,里面的学生就自称"Starrian""何东人"和"Ricci 人"。

那时我们经常羡慕住在校内 Hall 的同学。本部校园住在太古和李国贤的同学经常在上课前半个小时迷迷糊糊起床吃饭、收拾整齐,往往还可以踩着上课铃踏入校园。住在大学堂的男生则路远马遥,一早就要搭乘校园小巴或巴士花半个钟头到校园。

然而这还不是到了课堂。港大建在山上,楼与楼之间有时看起来贴在一起,实则要经过很多小山坡、小电梯和小岔路才能到达。即便到达校园往往也要十几二十分钟才能到教室。

大学堂是男生宿舍。相传日据时期曾经被日本人作为严刑拷打的审讯房,这里曾聚集了很多冤死的亡魂。当然这大都是大学生相互逗乐的笑话,但大学堂几乎不招女宿生却是真的。何东堂则全是女生,和隔壁男生宿舍Ricci常结伴活动。

我住在李兆基堂。因为是李兆基先生出资兴建的,时间久了宿生都称舍堂为"李兆基""LSK"。舍堂在二村,去校园走路要差不多十五分钟,搭巴士就只要五分钟。隔壁还有孙志新堂和马礼逊堂。

初到舍堂时是爸爸妈妈一起送我来的。沿着港大校园下了石阶就是一条盘旋上山的公路,两旁都是葱郁的绿色树木,整个树冠慢慢探开来,绿荫遮蔽了树下的行人路和狭窄的小马路。右手边的一块小小牌子挂着"赛马会第二舍堂村"的标志,拐进去就可以看到学生们平日健身的体育馆。周围都是浓郁的绿荫,体育馆上面的天桥是窄窄的一道通往附近的泳池。天气好的时候淡蓝色的泳池像是一抹碧蓝的水滴镶嵌在四周茫茫的绿色树木海洋里。

舍堂有十几层,我被安排在十四层的女生宿舍里。宿舍大概有二十平方,并排放着两张床和两个书桌,旁边还有衣柜,三排书架整齐地架在书桌上方的墙上。没了内地宿舍高架床的拥挤感,这里反而更像一个迷你旅社。

高高的落地玻璃窗外,远处的港湾泛着蓝色的波涛。阳光在海面上一眨一眨的,翻动着缕缕细浪像是顽皮孩子的眼眸,又像是耀眼的跃动光斑,闪闪烁烁的,从天空直接跳到海中去了。港岛上大片大片的绿色波涛也随之起起伏伏,风 下子就从一片树林吹到另一片树林。还有纵横的道路和小小的甲壳虫一般的车辆,都渐渐隐没在玻璃窗外。

这时,我们听到一阵怯生生的敲门声。门开了,是一个戴着眼镜的女生,十八九岁的样子,穿着简单的牛仔裤和淡灰色衬衫,典型的港女打扮。她是圆脸,半长头发在脑后扎了马尾辫,眼睛笑起来就成弯弯的两个小月牙。

"你们好呀!"女孩子开口说,用着不太熟练的普通话,"我叫Silvia,以后我们就是室友了。"

OCAMP

住港大的本科生舍堂就一定要参加新生训练营（orientation camp），即"Ocamp"。本地人叫"过O"，最初用意是培养宿生之间的感情和集体意识，久而久之就变成对新生意志力和忍耐力的考验。

近几年有很多新闻报道香港各大学新生营"玩过火"，又有一些内地状元在新生营过后因为各种原因选择退学，新生营就渐渐蒙上一层阴影。其实，对于经历过的我们而言未尝不是有趣的经历。

2011年夏，我在港大李兆基堂"过O"。

八月的香港无风、酷热，蓝色的晴空倒扣下来，捂得整个天地严丝合缝，密不透风。空气中氤氲着潮湿的水蒸气，整个城市仿佛刚刚从水里捞出来，湿漉漉的，仍然滴滴答答在淌水。我们每个人获发两件印着舍堂标志的T恤衫，但不久就被汗水打湿了。阳光烤在后背、脖颈上，开始还是灼热的，慢慢被太阳烤干又被汗水打湿，渐渐就没了感觉。

大家一起坐巴士去海滩，之后分成几个小组，每组要把报纸折成圆筒状，从海中取水到沙滩上的水桶里，最先满一桶的小组获胜。我们一个挨一个站好，接力一样把各自手中的报纸折好连接到一起。亮晶晶的海水开始被装入第一个纸筒中，但还没等到纸筒倾斜一下传递过来就一滴滴落到沙地里，转瞬间消失了踪影。

只好重新开始。这次由第一个同学接了水用手托住，急急倒入第二位同学的纸筒中。那水静静流过来，突然就流到两个纸筒的缝隙外面。我们看着水滴从高处跌落，不由得叹了一口气。

第三次，我们事先把纸筒一个个密密相连，做成一个长长的纸筒桥梁，那水立刻流进来,开始还保持一股水流的形状,渐渐水流细了,氤在报纸上,报纸上的字迹被放大数倍——水流渐渐被报纸吸收掉了。

第四次,我们把纸筒侧过来,终于将一股极细的海水汇入桶内。我们不由得惊呼起来,彼此为这几滴细小的水珠开心不已,像终于实现愿望的孩子。

入夜,我们从海滩回到宿舍,被告知晚上的任务是蒙住眼睛穿越港大校园。我们戴上黑色的眼罩,一个搭住另一个的肩膀,组成一个长长的蜈蚣似的队伍。港大建在山上,有许多台阶,楼与楼之间曲而折。我们都是新生,并不熟悉学校的地形,只是模模糊糊感觉到一会儿在上坡,一会儿又在下坡。上台阶的时候感觉到前一个人的肩膀在微微上升,一下子就被脚下的台阶磕到小腿,于是知道是台阶,就抬起脚一步一步往上走。开始时,步子太小,脚会重重地磕在台阶上,慢慢也就学会了迈大步子,跨越似的一步一步高抬腿上台阶。有时候后面的人累了,手松开了,就停下等待。尽量步子小一点,却不可以离前一个人太远。

那晚我们在黑暗中戴着眼罩走了两个小时。高年级的学长学姐在前面给我们带路,常常鼓励我们。后来看照片,其实已经走过了港大几个在山上的建筑。

也有在室内玩的游戏。几个人结成一组,其中一人踩在一个装有轮子的木板车上,周围几个人不可以碰到她/他,只能通过踩木板让车子快速移动到走廊的另一端。

各组选一个女生站在车上,剩下的男生则踩着木板推动车子。我是我们组站在木板车上的那一个。车子飞快向前呼啸而过,身边的男孩子跑得飞快,我站在车上,仿佛站在一个飞快燃烧的风火轮上。走廊两侧的门一扇扇飞快闪过,像是有人按下了时光的快进键,我以自己不可控制的速度,站在小小的木板上,向前飞驰而去。

在李兆基的时光,现在回想起来仿佛短暂如一瞬,又仿佛漫长经年。

另外一个重要的环节就是周游香港的重要建筑。我们要在一天之内走遍上环、中环、金钟、铜锣湾、赤柱等主要景点,每个景点都有一个重要的提示纸片等待我们。没有巴士,不可以打车,我们只好坐地铁在港岛四处奔波。

渐渐地脚就像灌了铅，面前的中环上坡路似乎永远都走不完，却也不能喊停。太阳此时像个大火球般低低悬挂在空中，并没有云，照得人心发慌，头发晕，脚步仍不能慢下来半拍。

港大的宿生最讲究集体感和荣誉感。荣誉是舍堂之间的，也是一个舍堂楼层与楼层之间的。集体感就是在面临集体的任务时，不退缩、不放弃，要和大家一起坚持，更要努力拿到最好的成绩。这是我在Ocamp时听到最多的话，却也没有想到实现起来这样艰难。

这些年，香港各个大学的入学Ocamp常遭到批评，尤其是某大学新生因Ocamp压力大而自杀，更是引起社会各界的广泛关注。现在回想起来，还记得当时的压力，但毕竟隔了几年，并没有过多辛酸的故事可以讲述，有的反而是感动，觉得年轻时有这样一段经历，就像内地大学的军训一样，只是在香港活动更加多样化，更加需要个人的应变能力。

没有被时光磨灭的都是最珍贵的回忆。我宁愿相信那一次Ocamp是对我极好的锻炼，改变了高中时代散漫的生活态度，让我更加注重生活本身，明白集体生活的辛苦。

住 HALL 生 活

几年后再回忆起住在李兆基堂的那一年，觉得那是自己活得最年轻的时候。全然不像现在的我这般朝气全无，朝九晚五，熬夜久了一点就叫苦连天像是老古董。

彼时，大家有选课自由，第一堂课十一点或下午才开始也是常有的。第一年住 Hall 的"小鬼"们往往相当激动，逃离了高中苦闷的牢笼，在二、三年级"大仙"的带领下，东奔西跑，一副不知疲惫的样子。

宿舍楼山坡下有一家小小的点心店，极简陋，只有几方小桌和几条木板凳，却做得出奶香四溢的流沙包。据说，这也是陈奕迅的最爱，店里挂满了与到店明星的合影。点心店每天夜里三点钟开门，营业到下午三点就关店谢客，像极了当时我们一群住 Hall 学生的作息时间。

于是有一天，大家约定凌晨三点半去吃点心。我早早调校好闹钟，开始打算不睡觉，一直等到三点半，却发现这是一个极其尴尬的时间：睡觉的话只能睡两三个小时，醒来会更困；不睡觉则吃完饭已经天亮，就要一夜无眠。那时也真爱折腾，不会累似的。三点钟的时候，我和室友 Silvia 就互相把对方闹醒，再匆忙洗一把脸，就这样和楼里的同学们一起去吃点心。回来的时候已经天光光，七点钟的样子。我们又困又累，像一宿未回家的小野猫一样，接下来的一整天都挣扎在睡觉和打起精神的边界。

Silvia 是我的室友。她周末总是会回家，有时周中也往家里跑，并不常常留在宿舍。她是皮肤白皙的小姑娘，有着港女难得的小酒窝，笑起来眼睛就成了一条缝。有时我们聊天她也给我讲她的家庭，家里还有一个弟弟。弟弟的照片就存在她手机里，时不时拿出来给我们看。弟弟很可爱，白白胖胖的小男孩，当时还在上初中。

直到后来一次偶然的开会。Hall 里经常开会，有的是楼层内部的会议，有的则是整个舍堂的大会。其实也没有特别的事情，无非谈论一下各个舍堂之间的比赛或是要求舍友投票等等。但这些大大小小的会议仿佛总是常开常有、琐碎繁杂，占据了平日夜里很多边边角角的时间。

有一次开会只有楼里的几个女生。女孩子讲话不知不觉就跑偏了，变成了知心话之夜。我只是静静坐在一边听。Silvia 那晚却哭了，讲她爸爸早年去世，和弟弟、妈妈住在青衣的一间公屋。

很久很久以后，我已经不记得那晚她和大家的具体交流，只记得那晚本地室友的表情，是一个孩子所不应该有的压抑和悲伤。

李兆基堂基本是以楼层为单位的，每个楼层结成一个亲密的整体。十四楼是女生层，出出入入都是二十几岁的女孩子。十五楼则是男生层，是和我们关系比较好的一层。有时候大家一起外出吃点心、喝糖水，五十几人浩浩荡荡让路人以为是学生大规模出游。

有时候，他们也会一起来我们这一层的公共厨房做饭。舍堂里每一层都有公共厨房和公共洗手间、冲凉房。厨房里面的冰箱会放好大家各自买好的蔬果面包，往往各自做好标记，到时各自取用自己的食物。我并不喜欢下厨，但有公共活动的时候也会跟着去帮忙切菜、煲汤，然后大家一起吃饭。虽然不是山珍海味，却有温馨的气息。

有一次，十五楼的男生因为一点小事惹恼了我们，楼长带着全层的女生上楼去。香港本地女生把一只只气球装满肥皂水，变成几十个滑腻的彩色炸弹。一时间十五楼整个走廊都爆开了花，满是肥皂的味道。有的男生一脸茫然地走出来，瞬间就滑倒在地。但更多的则是躲在房间内不敢出来。

后来我们又觉得内心受到谴责，在楼长的带领下帮十五楼打扫了地面。

真的是，青春在于折腾。

舍堂极为重视舍堂荣誉。进门处的大堂有一个玻璃做的落地储物柜，亮闪闪地摆放着诸多舍堂近年来赢得的奖杯，都是和其他舍堂之间的比赛中赢得的，有网球、游泳、歌唱、曲棍球、足球等等。有时候我们也会去郊外的港大体育场和其他舍堂举行足球比赛。这时,整个舍堂的男生女生就会一起出动,为我们的运动员摇旗呐喊,期望为柜子里再添一个奖杯。

整个 Hall 里好玩的事情繁多,走廊里永远是吵闹的,经常有人到处练习踢皮球,直到深夜仍然能听到"砰砰"的声音。大家吵吵嚷嚷,仿佛一天永远不会结束,随时都会有人因为一件事情找了你过去,但往往都是琐碎的。

现在想来,那一年是对我性格的极大挑战。我是好静的,喜欢一个人静静独处,一个人读书、写字、追剧。但来到港大的第一年,我在舍堂里像是被一股巨大的洪流裹挟着,不知不觉就参加了很多集体活动,整天和楼里的女孩子混在一起,过着几乎昼夜颠倒的生活。那时我是有一点不情愿的,但现在看来是一种很好的锻炼。

去体验不同的生活模式,走到人群中去,真正像年轻人一样度过一年。那一年,世界于我是喧嚣与聒噪,是种种繁杂事务之中的闹中取静,在时间的夹缝之中温书看功课。但那一年真的是年轻的,是喧嚷和沸腾,是无忧无虑的好时光。

教莎士比亚的老太太

这是我进港大后的第一门英文专业课,教授是一位即将退休的英国老太,我们叫她 Mrs. Hall。

Mrs.Hall 六十岁左右的样子,满头银发,有着外国人常见的高鼻梁和蓝眼睛。因为上了年纪,脸上的皮肤有些发皱,难免有一种沟壑纵横的感觉,尤其是额头和眼角,笑起来的时候皮肤的纹路慢慢向上打开,像打开了一张庞大的、神秘莫测的网。

然而她是那种有气质的老太太,即使年纪大了腰杆也是笔直的,走路脚下生风的类型。这种人,大家的关注点往往不在年龄本身。我也是被她的微笑打动过一次,渐渐就忽略了那缓慢张开的网一般的笑容。

老太太上课从来不拘小节,第一堂课就坐在教室前的白色长桌上,隔着两盒白板擦和白板笔,用遥控器指着投影仪,比比画画把之前学生给她写的期末总结放幻灯片一样逐张放给我们看。

港大每门课期末结课时,学校都会发给学生两张调查问卷,一张关于课程设置,一张关于教师的授课方式。眼前的巨大屏幕上,学长学姐们频频用极大的英文字体夸张地写道:"老巫婆""老女人""老变态"等等。

香港学生在教师评论栏大多是含蓄的,带着一种息事宁人的态度,常是模糊地推推就就,随便写一点。看到这样的评论我还是破天荒第一次。

Mrs.Hall 看着我们一脸错愕的表情,干脆利落地"啪"一声关掉幻灯片,用英文说道:"他们说得对,我就是这样的人。也欢迎你们结课时写下自己的感受。你们是我退休前带的最后一拨学生,但如果你们认为我会放松对你们的要求,就大错特错了。"

顿时，我们目瞪口呆，面面相觑。老太太却不慌不忙，打开讲义上起课来了。

*

这门课的主要教材是莎士比亚的《麦克白》。港大的所有课程都是全英文授课，从作业到考试，所有内容都是以英文进行的。而莎翁则是英国文学专业学生们最熟悉的作家，整个大学期间如果没有读过五六本莎士比亚的原版书，都不好意思说自己是英国文学专业的。莎士比亚作品中常有中古英文的影子，书写方式和行文结构都和现代英文有所不同，读起来很是费力。

而老太太，既要训练我们读莎士比亚，又要手把手教我们写英文论文。第一堂课已经放出话来，每节课都有作业，每份作业都要计分入总分。每有一个语法／拼写／标点／格式错误扣一分，扣三分以上作业不及格，总成绩 B 以下就要重修。

直到成绩 B 以上才可以升学。

* *

第一节课大致过了一遍莎士比亚的生活时代和背景。莎翁生活于十六至十七世纪，曾经与合伙人开了剧场，常写复仇和牺牲题材的戏剧。老太太授课的着重点是文学及其内涵，对作者本人只是带过生活经历和背景而已。

对《麦克白》的研究则有趣得多。老太太喜欢从文中拿出一段，要我们自己揣摩人物的思想和情绪，并从中总结人物的性格特点。她不太喜欢千篇一律的话，反而更关注细枝末节和小人物，比如麦克白夫人以及麦克达夫。

然而作业立刻就来了。第一节课的作业就是找十篇关于莎士比亚的研究论文，去港大的电子图书馆一个个下载下来。

第二节课，老太太教我们写英文论文后面的引用书籍。其实只是一个简单的书籍目录，却足足写了三页 A4 纸的要求：

写英文论文时,每四百到五百个字要有一个引用源,还不可以是讨论相关历史文化的间接来源(secondary source),一定要是直接讨论莎士比亚作品的重要来源(critical source)。之前下载的十篇论文中,读完所有论文的第一自然段,可以去掉四篇,剩下的六篇全部读完,再去掉两篇。如果是一篇一千六百至两千字的论文,剩下的四篇就是加入结尾引用目录里面的。

然而Mrs.Hall的要求才刚刚开始:文学的bibliography(引用书籍目录)要用MLA格式,需要去美国普渡大学的OWL(Online Writing Lab)上面查看格式,关于空格、句读、引用符号、段落格式等都有要求。还要遵循作者名、书名、编辑名、出版社、时间等等的顺序,就连期刊、报纸、书籍都有不同的格式。

* * *

第一次作业我就得了零分。

作业是写下我们论文里想要引用的书籍,按照老太太要求的格式。我从两本书里各找了一篇,还有一份期刊论文和一份报纸评论文章。很认真地按照要求写了,几天后看到邮箱里老太太批改完的回复,用词极为强烈地批评了我一通,甚至用了"粗心大意"(careless)和"重要错误"(big mistake),意思是最基本的空格都没处理好。

我一看,原来是有两个逗号后面忘了空格,有一个期刊名忘记了斜体。

那是我的第一个零分,至今记忆犹新。

* * * *

就这样开始了前所未有的艰难的第一学期。

老太太常常在课堂上把头摇得像拨浪鼓一样,一脸嫌弃地嘲讽我们连基本的格式都弄不懂,或是引用的时候根本不注意标点符号和括号里面的内容。

她还常常把我们的作业贴到课堂幻灯片里,一副恨铁不成钢的表情,眉毛拧成眉心一团，逐字逐句批评遣词造句的错误。其实有时也只是引用时后面的括号里忘了备注是出自书本的第几页罢了。

因为我们用的是不同型号、印刷版本的英文版《麦克白》，老太太甚至买齐了所有可能的版本，遇到不同的书页引用，就会翻出那一个版本来看。如果再不对，就是学生的粗心的错误，又是零分了。

毕竟在Mrs.Hall眼里，做学问最重要的就是认真，错一个标点都不可以。所谓失之毫厘，谬以千里。

* * * * *

期末的时候，我们开始写论文。

要求很简单，选一个人物进行性格分析，但要言之有物，一千六百至两千字就可以了。

因为知道每个标点都不能出错，大家都很紧张。毕竟骄傲地进了港大，没人想第一学期就铩羽而归，不能升学不说，要再读一学期莎士比亚，那可真是"生命中无法承受之重"了。

然而英文论文并不是用我的母语来写，很多时候一句话要斟酌很多次，最开始是句式，然后是用词，之后是格式和标点。

然而，当我们战战兢兢写完论文，Mrs.Hall又说她暂时先不看了。

到底是什么意思呢？我们又傻了眼。

果然，老太太很快发给我们一份"peer edit guide"，要我们互相先读对方的论文，批改三次，然后再依照结果把自己的论文修改好。最后，她才来看。

这份互相批改论文的指引也很有她的风格，密密麻麻两张A4纸的要求。

首先，读对方的论文一次，回答问题：

1. 第一段读完，你觉得对方的主旨是什么？写下来。

2. 关于内容，你觉得论据足够支撑论点吗？有没有被遗漏的论据？

3. 想一下论文的整体结构，前后连接得好吗？有没有可以被拆开或重组的段落？开头和结尾段落与中间主体相呼应吗？

然后，再读论文一次，这一次要用红色笔，圈出所有的语法和拼写错误，写下你对论文的评论，包括段落构成、内容、疑问、错误或不理解之处。

当然，两次还不够。第三次读完，你要写下这篇论文中你认为最好的和最需要更改的地方。

我马马虎虎读了一遍同班同学 Jeff 的论文，读完觉得字字在纸上，但那些英文字母又渐渐模糊黯淡，看不清楚了。Jeff 写的是关于麦克白夫人的内容，在文中用了很多字典里查到的词语，因而我再读的时候也要一个个查过来。第二次读的时候已然是昏昏欲睡了，却还要认真读完，写好 Mrs.Hall 要求回答的内容。

第三遍读完要逐字修改，我那时其实已经读了差不多六七遍，每次要注意不同的内容，有时是段落结构，有时是语法拼写错误，有时则是论点论据之间的关系，总觉得每次读完印象都不真切，都有遗漏的点，于是再次读起。

等到全部要求逐一完成、做完修改之后，恍恍惚惚好像自己又写了一篇论文一般。

* * * * * *

几个星期后老太太的课程结业的时候，照例拿出了学校要求的两份问卷给我们。我看到身边的香港同学们纷纷显出松了一口气的表情。有几个夸张到当场比出胜利的手势，和旁边的人碰拳庆祝。

总成绩还要几个月才能出来，圣诞节就要来了。我们这学期基本上每天都要为这一门课耗费大量的时间和精力，仔细研究 Mrs.Hall 每份作业密密麻麻的要求。毕竟，一不小心就是零分，就不能升学了。现在终于结业，不管怎样，也有一个多月的时间可以好好休息一下。

Mrs.Hall 就要退休了，也没有什么忧伤的表情或者特别的表示。最后一节课的时候她很早就来到教室。平日里大多穿黑色或灰色的她破天荒穿了香港过年里才会穿的大红色。

那堂课她说得并不多，甚至说我们的表现只是比她想象中要好一点而已。

然而整堂课的时间里她常常是笑着的。给我们看论文里有趣的英文句子。这回并没有全是讽刺和批评，而是展示了一些写得很好的句子。

我重新看到她脸上的皱纹，在眼角、额头和下颚，连成密密的网一样的形状。这时，她才显露出一点衰老的痕迹，大概也是因为重新笑起来了。

我也发现我们论文语句里面的进步，好像学期开头的时候只会用英文说什么是什么，现在已经会流利地描述属性、特征、表现等等了。

Mrs.Hall 说这一次她真的要退休了。她说我们这学期没有给她太多麻烦，比想象中好一点的话说了几次，然而这已经是老太太一个学期中给过我们的最好评价了。

* * * * * * *

圣诞回来出成绩的时候，我看到我的成绩是 B+，虽然并不是一个 A 级别的成绩，然而终于不用重修，也不用留级，大大松了一口气。

若说影响，大概就是直至今日，我都对论文和写作有一种敬畏之心，觉得做学问一定要严谨，一个标点符号都不能马虎。这也让我在整个大学期间都心怀敬畏，兢兢业业，每份论文都认真对待。这已经成为我的习惯。

大三的时候，我在加拿大做交换生，一次偶尔和教授聊起来，他惊讶我的 citation 和论文格式竟然不用单独订正。"很多亚洲来的学生论文格式都很不严谨。"他有点不客气地说，带着不容置疑的语气。

我笑笑，想起已经退休的 Mrs.Hall。

不知道老太太现在在哪里，没有了学生们，过得好不好。

粤 语 课

初到香港，我发现大街小巷人们说的都是粤语。

港大的授课语言是英文，所有的作业、论文考试等也都是用英文进行。我的专业是英国文学和教育学双学位。大概因为专业的关系，平时老师同学都用英文交流。

然而走出校园才发现，街市里、超市里、商场里、餐厅里，所到之处大家都在讲广东话。搭台吃早茶的公公婆婆在用粤语聊天，公公皱着眉头，婆婆则半带着微笑，比比画画解释着什么；街市里汗流浃背的搬运工人们彼此用粤语大声打着招呼；商场里售货员用粤语介绍着我喜欢的小裙子，叽叽喳喳的声音高而尖锐；本地同学们交头接耳，笑嘻嘻地用粤语闲聊。

我渐渐变成半专业猜谜者，像猜电台中聋哑人手语一样破解着语言的谜团。一开始听得到却听不明白也不会讲，像是尚可见到光明的聋哑人，我常迷失在一片窸窸窣窣的声响中。

从那时开始，我看了一些粤语书籍，觉得这种语言精致简练，挑食也会说成"拣饮择食"。"还未"则是"还没"，有一种古风的韵律。然而，我仍然是不太会讲，不过是渐渐听懂了一点点而已。

大概是发现了我们的窘境，港大给我们本科生开了粤语课。授课的老师叫Wendy，短发大眼睛，笑起来两颊圆嘟嘟的，眉毛粗而黑，五官是香港人常见的，略有一点小雀斑。

Wendy上课很有趣。她从粤语音调教起。广东话有九个声调，阴平、阴上、阴去、阳平、阳上、阳去、阴入、中入、阳入。面对平时在四声语言中长大的我们，她并不着急，只是慢慢一句一句带我们读单字。

粤语中很多词语的表达方式有别于普通话,不仅声调不同,读音和用词也不相同。在北方平时所说的"吸管"在这里变成"饮筒"(yum tung),地下室叫作"地牢",面酱叫作"面豉"。我渐渐还学会了"依家"(yi ga)即为"现在","几耐"(gei noi)即为"要多久","几个字"是"几刻钟"的意思,"几粒钟"就是"几小时"。

我很怕犯邯郸学步的错误,粤语没学好,普通话却带上了广东腔。

在我们大致学会一些基本词语后,Wendy 带我们一起学了几首粤语歌,记得有谢安琪的《年度之歌》。Wendy 给我们听了几次以后,要全班一起唱。

于是,我们就像小孩子一样整班一起唱起来:

"曾经拥有的春季,曾经走过的谷底,
人生是场兴替,忽高也忽低,不输气势。"

我们唱得并不标准。"谷底"唱成"菊底","春季"唱成"春闰",但 Wendy 也不生气,只是微笑着听着,圆圆的脸庞因开心像是亮了起来,灯光下发光一样,是人们快乐起来的那种熠熠生辉的样子。

后来的日子里,我渐渐发现香港人对粤语的由衷热爱和维护,即使不标准如我,常"食""死""洗"不分,"嘈""吵"说不清楚,把"喊"说成"哭",也并没有人流露出丝毫的不耐烦。和北京人、上海人对外地口音的挑剔相比,香港人仿佛由衷欣赏外地人讲粤语的诚意。在商店里,即使我讲的广东话并不能让柜员听懂,她们仍然保持微笑,继续用广东话仔细问我:"你说的是不是这一件衫呀?"

后来,Wendy给我们布置过一次考核内容,要求用广东话做两分钟的自我介绍。我写了很长的一段提纲,几乎翻遍了过去的讲义,把自我介绍当作所学词语汇报。录音的时候,我觉得自己像只小鹦鹉,叽叽喳喳重复着学过的那些似曾相识的词汇。

鹦鹉一般,从北到南,模拟着迁徙的轨迹。

我想起小学一年级刚刚学英文后,老师要求做的自我介绍。似乎也是拼凑起不同的词语,查字典,试图用到"独特"的词汇。回头再看,成长的轨迹并没有偏离,不断否定过去,试图用否定更加肯定现在的自己。

走了那么久,却似乎没有离开原点很远。

小学那个小小的我,捧着大大的笔记本做英文自我介绍。十几年后的今天,长大了的我正在异乡学习一种新的语言。尽管它是汉字体系的一种,带给我的挑战却远比小时候初识汉字时要大。它是一个成年人试图融入一个新社会的尝试,带着不断否定过去、不断尝试改变的痕迹,告诉自己成长是人生不间断的探索。

直到今天,我仍然常常碰到新的粤语词汇。前几天刚刚知道"发仔寒"是"疯狂想要小孩子"的意思,"拉布"则形容"议员们用冗长的辩论拖延议案"。粤语像是一个奇妙的万花筒,我一直都不敢说自己真正掌握了这门语言,一如母语。反而,常常带着好奇望过去,又发现自己从未听说过的词汇。

然而,每当我倍感惊讶或被吓了一跳,仍会条件反射地说"哎呀妈呀"而不是"唔系啊嘛",仍然喜欢说"一般般"而不是"麻麻得"。有时回到家乡的北方小城,我会一下子感到特别放松,一觉醒来对着北方松软干燥的阳光和空气,就有突然冲到大街上的冲动。我想要拥抱每个路过的人,用北方口音的普通话和他们聊天;我想去餐厅、去商场、去游乐园,用普通话和每一个路过的人打招呼。

当然,这种念头也是转瞬即逝的。我还是留在了香港,常常用蹩脚的粤语交流,也常常觉察不同语言的奇妙之处。

ABODOMO 老师的语法课

港大二年级的时候我修了一门语法课。老师是一位中年黑人，有点胖，脸上终年架着一副黑色镶金边眼镜。他仿佛总是在笑，厚厚的镜片后面目光温和。大概是来自非洲热带国家的缘故，他穿的衣服都是鲜艳的宽大长袍，多是印着热带的阔叶植物，五颜六色，走起路来呼呼生风像是移动的热带园林。

第一堂课，老师在黑板上写下"A. Bodomo"几个大字，还读了一遍给我们听。他的英文带了一点黑人口音，听起来就像是"阿播多摸"。刚学拼音的时候老师会带我们读"a bo duo…"。不知是语言学的直觉还是开玩笑，大部分学生以后就叫他"阿播多摸教授"了。

我在校园远远见过他两次，一次在初春，一次在初秋。两次他都穿着鲜艳的宽大袍子若有所思地自顾自走着，脸上还挂着习惯性的微笑，在满是亚洲人的校园里很显眼。

我从小很讨厌语法课。主谓宾、定状补尚且不能完全理解，做语文、英语题目时全凭平日积累的"语感"。所谓"语感"，也只不过是从小到大读了一点书罢了。在中学时代还好用，到了大学，当语法学作为独立的学科和专业时，就显得有点力不从心了。

语义学还好，主要研究的是语言的发展和在沟通之中的作用。Syntax 则显得复杂很多。因为研究的是语法，即句子短语的构造、连接和描述，里面常常包含 embedding、recursion、coordination 等构造，需要详细加以区分。我的语感技巧到拆解句子、分析构造时就显得不够用了。

第二堂课，阿播多摸也不啰唆，径自讲解动词短语和形容词短语。说是讲，他其实只是写了一个动词，前面后面加几个词语，再写一个形容词，前面后面再加一点，就算是各种短语了。他也不客气，大概以为是极基本的内容，笔锋飞快而且写完就擦掉。

正在埋头做笔记的我抬起头来打算抄第二行板书，结果发现被擦掉了，擦——掉——了！

这时 Abodomo 老师正讲到关键，开心极了，开始飞快地跟我们聊 specifier、modifier 和 complement 等句子之中的组成部分。板书也不写了，随口说一个句子，再从中拎几个短语出来，问我们在句子中的作用。竟然有几个人随便猜了一下，反正三选一，当然有猜对的。他就更加开心了，认为我们已经完全掌握了本堂课的内容，很快留了家庭作业。

下课后，我孤独凌乱地坐在那里，试图回忆刚才发生了什么。

Abodomo 老师的作业也很有意思。他会给出一个很长很长的句子，期待你用树状图的方式分解句子，一点点标注好各部分在句子之中的作用。这样的图既简单又难。简单的是组成部分就那么几种，只要找对一个确定的部分，剩下的就可以顺藤摸瓜依此类推；难的却是每个部分之间相互联系，有一个部分多了或者少了，就会影响其他部分。

为了训练，一个普通的图表要拆解成一个个不同的部分，从头到尾分别开始推算顺序，有时要分几种方式拆解才能完全理解。

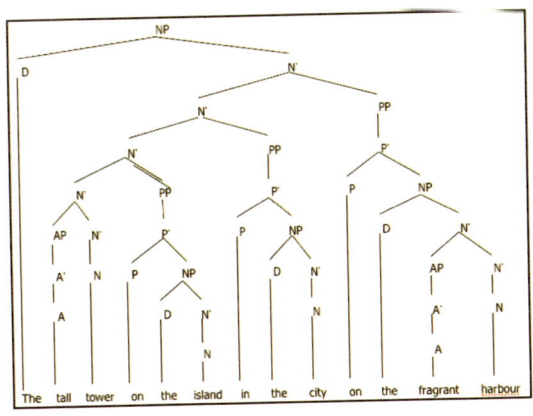

Abodomo 也不着急，每节课仍然不管我们会不会都扔下作业来。课堂上仍然喜欢即兴抛问题，也不解答，板书仍然写得飞快，擦得也飞快。

他似乎以为我们都是小天才，抑或知道我们不会的内容自己会回去读书温习。期末考试前，所有人都很紧张。"多摸"老师依然穿着宽大的袍，一学期下来似乎又胖了一点。本来大家期待最后一节课会是寻常的"划重点"，谁知他也够坦白，笑容满面地说：

"我们没有重点，考试就是给个句子画树状图。错了就扣分，看看有没有人是负分。"

我大惊失色。本来期待着有点填空什么的送分题，或是小论文。没想到通篇都是画图！画图这种事情，越是心急越容易出错，基本功好不好完全可以在考试中反映出来。

我只好认认真真回家把每一种句子组成仔细看了一遍，又找出许多长句子练习。考前的几天里几乎一有时间就拿出本子来画图，看到一个长一点的英文句子就想着画图，甚至做梦的时候也在思考画图的问题。噩梦就是图画不出来，卡在考场上，眼看要得负分了。

那门课我最后的成绩是 A+。这是我在文学专业上的第一个 A+。我猜大概是画图救了我——一个语法盲。不过焦虑也是真的，每天逼着自己画几百次语法图，枯燥乏味完全是靠毅力在做事。

后来，我又见过几次 Abodomo。听说他给大部分人的分数都很大度，我们那个班级的学生很多都拿到了 A。相比其他文学类教授最好只给 B 的做法，我相信他还是宽容的。或许是知道内容有些难度，不是每个人都可以看到一个英文句子就立刻画出一个图出来。

说到底，他也不是一个过分高估我们和他自己授课水平的老师，不是个随便讲讲就带过，然后评分苛刻、喜欢穿印花长袍的"怪叔叔"。

也许，他猜到我们面对着图表的样子，心中还不止一次暗自发笑呢！

港大"上庄"经历

在港大,参加学生会或者学生社团叫作"上庄"。

我的"庄"是一个很小众的,港大青年文学奖协会。说它小众是因为本港大学读金融的最多,学生们更喜欢加入金融投资类的学生组织。而我们的"庄"是提倡看书读书的。在香港赚钱是正事,读书是可有可无的事情。

我们做过几次书展,为了普及大学生读书和关注文学的意识。是在平台上申请一小块地方,摆放好自己的牌子和摊位,鼓励大家登记成为会员,一起探讨文学。

书展的书则要先去旺角进货。一直听闻本港书商经营惨淡,直到到了旺角我才发现确有其事。因为昂贵的地租,书店只得从地面沿街铺面搬到了沿街大厦的二三层。顺着窄窄的楼梯上去,只见书店被夹在密密麻麻的楼中小店铺之中,旁边是售卖衣服和化妆品的粉红色店面,书店就小小的一家,打着淡绿色的招牌,几乎要隐没在缤纷的色彩之中。

书店里很小,空间狭窄逼仄,摆放了太多的书籍。大大的陈列桌一排排铺过去,占据了店中大部分空间。上面一层一层摞着无数的纸质书。旁边的书柜上也是。我们清点好书的数目,搬上手提车,再搭出租返回校园。一路上沉默不语,心中希望可以卖多几本,也算是帮店主继续维持小书屋。

回到校园,要几个人轮流守着书摊。书摆好了就会有络绎不绝的学生停下来,有的是买书,有的是想加入社团,更多的则是询问一下社团接下来的计划。我们往往会告诉他们我们的脸书主页,再介绍一下接下来的社团活动。我也曾经看过几次书摊。如此几日下来往往可以卖掉一半书,然后把剩下的书籍送还老板。

作家讲座也是常要举办的活动。会提前和一些本地作家联系，询问是否愿意来学校开一场和学生们的讨论会。我不大认识这些作家。现今香港90后作家大多有自己的小众圈子，在小圈子里颇受推崇。但出生在内地的我们却很少听说他们。印象里大家往往在讨论会上围成一圈，问作者一些问题，包括写作的心得、经历、收获等等。

有时来的人不多，我们就自己参加。我记得参加过一场。开始只是有点无聊地坐在那里。因为那个作家年龄还小，写作似乎还只是她的爱好而已。我也没有读过她的书，直觉认为年轻的小孩子缺乏社会阅历，可能写不出有深度的文字，所以只是机械地听着。

隐约记得她说，"文学不是为了描述这个世界，而是为这个世界提供想象的切口，提供一个多维度看待世界的角度。"这句话到现在我仍然记得，作者的样子反而已经记不真切了。

我们也办创作班，邀请作者来开课讲写作；也举办茶聚，和爱好文学的同学们一起讨论读书。

现在我仍然记得当时的认真。十几岁时候加入的社团，开学时接受问答一整天，之后组织书展、作家讲座、茶聚，认认真真做阶段和年度规划、财务汇总，做宣传单、整理脸书主页、制定活动流程，即使活动的普及度并不高。

大概是读文学类书籍这个主题在香港仍然不够主流，虽然也得到了一部分人的支持，仍然只是一种在继续进行的努力推广罢了。很有趣的是，我见到了很多努力坚持自己梦想的人们。

说什么文化沙漠，他们偏要从沙漠中开出花来。

我挺佩服这一类人的。人生苦短，能够坚持自己喜欢的事情，未尝不是一种执着，是值得尊敬的，也是值得祝福的。

高 桌 晚 宴

港大的学生舍堂常会组织高桌晚宴（high table dinner）。我的舍堂是李兆基堂，大约每年四至六次高桌晚宴，都在港大本部大楼陆佑堂里。

作为舍堂传统，高桌晚宴被认为是需要精心准备、认真对待的一项社交活动。男生穿西装、女生穿小礼服，常是优雅的小黑裙，有的女生甚至穿及地长裙礼服，再隆重一点的，要穿绿色的学士服。高跟鞋是一定要穿的，尽管要经过港岛的一段山坡。

每到 high table 的夜晚，女生往往三两成群很早就开始化妆。宿舍里像刮起了一阵彩色的风，黄的橙的紫的眼影、黑的白的灰的裙子，还有高跟鞋踩在地面上发出"哒哒"的声响，暗里掀起一股莫名的期许。

女生们化妆的时候还不忘叽叽喳喳闲聊着，或是小鹿一样站起身，一溜烟跑到另一个房间询问是否有贴眼睛的双眼皮贴。眼线画歪了的咯咯笑着，央求身边女生帮她画重。有的是化妆新手，化完看起来像宿醉的夜店女歌手。

大概从那时起，我固执地认为女生化完妆都是很相似的：一样暗色的眼影，黑色眼线勾勒好的眼尾，长长的扑闪着的睫毛，眼眸流转像是滴晶莹剔透的水滴，阳光下钻石般折射着异彩，玲珑而美好。

都是女人，越是重要的场合越是没人愿意输。

然后一瞬间，所有水珠都心安理得地汇入河流湖泊，继而入海。从水珠到水流，再到茫茫沧海，水滴失去了从前的光芒，只是发现海里那千万颗类似的水滴——所有人都是一样的，就好似一群群精心打扮的女生去参加高桌晚宴，人流涌动像是涓涓细流汇入茫茫大海。

陆佑堂四壁早已亮起灯光。作为港大的第一座建筑，陆佑堂有百年的历

史,可以容纳几千人。明亮的吊灯从天花板上垂下来,窗帘合拢,整个房间充满柔和的光线,像是午后从窗帘缝里透出来的那种光,并不明亮,却带着些许热力,久了让人昏昏欲睡。

几条长长的桌子纵向放着,像极了《哈利波特》里大礼堂开学典礼的场景。每条桌子极长,两侧坐人,可以容纳几百名学生。桌与桌之间是狭窄的过道。另外一侧的高台上也有一条小长桌,坐着舍堂监理人和他邀请来的演讲嘉宾。

餐桌上已经放好了成簇的鲜花和每个人的刀叉餐碟。循西餐例,高桌晚宴都采用分餐制。开餐前,照例要听演讲人的长篇大论,然后才可从一个个鱼贯而入的侍者那里得到自己的食物。

我一直认为好的演讲应该是恰到好处,像瑰丽的珠玉,可能只是惊鸿一瞥,已让人对瞬间的美好念念不忘、回味无穷。发言人大都是舍堂旧时的学生,曾经无数次坐在这个礼堂里参加过高桌晚宴,时隔几十年再度被邀请回来,坐在主席台上成为那个演讲的人。仿佛时光倒流,所有年少往事重回心头。只是从前一起坐在这里的那些人早已两鬓斑白。往日曾经年轻的面庞换了许多轮,不变的是年轻漂亮聪明的众人,变的是自己。

没有人会永远年轻,这世上却永远有年轻漂亮又聪明的人,年轻的脸庞和皮肤、聪慧的眸子,新的智慧、新的科技、新的风云人物。

有的发言简短而幽默,我们侧耳认真听一会儿,时而拍手叫好,时而捧

腹大笑,正准备再好好聆听,发言却一下子结束了,令人回味无穷;有的发言却是冗长的,从发言人的少年时代讲起,曲曲折折直到四五十年后的今天,仿佛要带所有学生重走一遍青春岁月,往往让人失去耐心。

此时的礼堂灯仍然亮着,却亮得夸张,像是泡沫一样泛着光,渐渐升腾起来,又慢慢融化,"砰"的一声破碎了。建筑物的墙壁缓慢从四面八方包抄过来,被高跟鞋挤压着的脚突然间变得很痛。整个礼堂就这样慢慢缩小,变得无趣。自己像是茫茫人海中的一个点,被无限放大,却又瞬间消失。

此时,礼堂长桌上往往亮起星星点点的屏幕微光。90后的学生觉得无聊,开始玩起手机。

终于等到开餐。食物因为要供应几百人,往往质素一般。头盘常是沙律,一份份盛在银白色碟子里,由一个个鱼贯而入的侍者端进来。我们认真地坐在位子上,等他们把碟子一一安放好。这时,大厅才渐渐热闹起来。学生慢慢开始吃东西,互相小声聊天。

这也是社交活动的开始。

都是十几二十岁的年轻人,穿得漂亮,也精心打扮过了,心情亦变得很好。在主餐上来之前,往往已经和身边人成为相谈甚欢的朋友。起初,我的广东话并不好,只是微笑着听着,没想到左手边的男生Shingo直接用普通话跟我聊起天。他是我们楼上那层的男生。因为两层结了联谊,所以平时经常在一起活动，彼此也打过招呼。

Shingo 是典型的港男长相，个子不高，有点棕黑色的皮肤，眼睛小、高鼻梁。

"你似（是）内地哪个省的？"Shingo 用不太标准的普通话问我。

"山东，山东烟台。"回答的时候我有些拘谨。故乡是小而静谧的海滨城市，不确定眼前的这个香港男生是不是知道。然而我又不想他难堪。

"哦！我知道！你们是不是很近青岛？"后来，我慢慢发现，香港人对内地沿海城市有着很高的辨识力，而且他们大都到过青岛，往往以青岛作为山东的标志。

"是的，很近。"我笑笑，对他眨眨眼。Shingo 也笑了。我们低头继续吃饭。

主菜后的甜品常是芝士蛋糕，有时是巧克力雪糕配饼干或提拉米苏。进入到吃甜品的环节就意味着晚宴快要结束了。监理人会做最后的总结发言，然后撤掉台上的桌子，全体起立，目送他们离开。

接下来就是合照的时刻了。每个楼层好朋友们会手拉手一起上台合影。我至今仍保留着十四楼女生一起在台上的合照。二十多个盛装打扮的女孩挤成一团，笑着跳着像是要冲过来触摸屏幕一样，在照相机里笑成色彩缤纷的一个瞬间。

这样的瞬间像是自习之后慢慢走上回宿舍的山坡，向山下眺望港岛万家灯火的瞬间。那么温暖，灯光中仿佛融着千万个家庭的喜乐，一盏盏灯光像在倾诉一个个故事，快乐的、悲伤的，可能今天是他们的故事，明天就成了你我的。但此时它们静静眨了下眼，融汇在山脚下那璀璨流转的灯光中去了。就像照相机里的那个瞬间，快乐而又仓促，因为被偶然定格才瞬间静止、凝固。

我现在仍然会拿出这张照片来看。年轻的日子里那么快乐，漂亮而又聪颖，穿着高跟鞋和漂亮的小裙子，在陆佑堂参加的高桌晚宴。

这个瞬间和过往的许许多多片段一样，清晰而又模糊，一阵风般散了，晴日的夜里，我们像水滴一样聚集在一起——参加过的高桌晚宴。

公 关 实 习 生

香港人做事节奏快,要求高,生活得也紧张。学生时代起就这样,每天下课后背着小书包赶三场补习是常有的事。好不容易考上大学,暑期自然也不能浪费,大家都削尖了脑袋找实习,想在未来的就业市场占得先机。

大一暑假,我在香港一间公关公司实习。公司在鲗鱼涌,主要为一些上市公司提供组织信息传播、形象关系协调咨询等工作。

香港夏天里热气蒸腾。整个城市像是闷在干冰罐子里,终日有一层湿热的水蒸气笼罩着人和树木。蝉鸣、鸟语都没了力气一样有一搭没一搭的,偶尔发出一点声音做个样子罢了。

那时我只有十八九岁,第一次实习着实有点忐忑。穿连衣裙还是裤子?高跟鞋还是平跟鞋?包包背大的还是小的?应该怎样和同事做自我介绍?附近有什么吃饭的地方?最终学着电视上白领的样子买了白衬衫和黑色A字裙,还有黑色的四分跟鞋子,自己在镜子里看上去仿佛立时成熟了几岁。于是,心里也觉得踏实了一点,仿佛老成就是实习的资本一样,可以让我快一点融入身边的环境。

鲗鱼涌的大楼有一种后现代主义的画风。玻璃墙体在阳光下反射着一丝游动的刺眼的光,随着人的移动而不断闪耀着。大厦里面则全都是自动化的。自动化的刷卡进入设备,自动化的电梯和电子门。整个大厦内部像是一个高大而闪闪发光的工厂,各个零件和工作的人们一起,构成了每日更新的流水线。

这一刻,我站在公司门前,怀着忐忑的心情按下了门铃。

门开了,带我的毛毛姐出现在眼前。她的外号叫"小毛",大家都叫她"毛

毛"。而我则叫她"毛毛姐"。毛毛姐是个快言快语的直性子的人,在重庆读完大学,又到香港城市大学读了一年研究生,毕业以后就到该公司工作了。她叫我"小朋友",带我到座位坐下,一一解释工作内容。

我的工作很简单,每天早上要打开 Bloomberg 的新闻系统,在里面找到有关我们客户公司的最新报道,然后按照格式做成早报内容发给毛毛姐。她看了 OK 就会立刻发出,不然就会扔回来给我,通常是因为格式不对或遗漏了词条。有时候我也帮忙校对文件,看看有没有错误疏漏。

毛毛姐很忙,每次来找我都是高跟鞋"哒哒"一阵急促的响声,一抬头她已经出现在面前。后来,我还认识了"大只仔"顾哥,美国哥伦比亚大学毕业的高才生。他是刚刚来公司的实习生,比我大四五岁。常常在我们聊天的时候,他不知道从哪里就冒了出来,扬言知道附近最好吃的鱼蛋粉在哪里。于是,中午大家就组团吃面。顾哥的消息往往很灵通。我们在一段时间之内就吃遍了公司附近大大小小的餐厅。一群人中午想不到吃什么的时候就会大喊:"顾哥,你中午吃什么?"

唯一一次出外勤是去湾仔帮忙维持一家上市公司的股东大会。一早在接待室里摆好了水果、饮料和蛋糕，精心准备了桌椅和餐具。下午三点一到，老人家们差不多提前一小时便开始入场。

人渐渐开始多了起来。再后来的老人家没了座位，站的地方也显得拥挤，便索性把东西开始往袋子里装。我们见状不好制止，只能无可奈何地跑来跑去增添食物。

还好此时四点钟到了。毛毛姐带着我打开了会议室的大门。老人们鱼贯而入，整个会议室瞬间充满了谈笑声、咳嗽声、窸窸窣窣一阵细碎的声响。只有发言人的讲话声渐渐听不清楚了。此时的我紧张地看向毛毛姐，却见她镇定极了，面无表情地小声说道："每次都是这样，大家已经习惯了。"

后来主持人维持了几次秩序，发言人的话也就可以听清楚了。无非是集团第一季度业绩以及发放股息的情况。老人家们对股息极为看重，几乎只有在宣布股息的那一段时间是安静的。

我的实习只有一个月就结束了。过了几年，记忆已经残缺不全。印象最深的就是摩天大楼、玻璃幕墙和那次股东大会，其余的都像是雾里看花，只记得模糊的影子，不太真切了。

现在想来我那时还是太年轻，很多事情都是傻傻跟在前辈后面，没有主动做过什么，也没有特别认真地学习，很多时候也不太说话，只是静静地看。但我仍然很感激那次实习的经历，那是我第一次在香港实习，对我日后影响很多。

所以说，大学的假期里闲下来的时候不妨去报名实习，就算是不喜欢这份工作，至少可以看看行业百态，对我们未尝不是一种锻炼。

男 校 教 书 记

大一下学期,我和 Daniel 在一所香港本地男子中学开始为期一个月的实习。

Daniel 是香港人,小眼睛,平头,喜欢八卦。他有很好的时尚感,知道条纹衫要配单色裤子,夏天穿裤脚卷起来的七分裤和棕色凉鞋。他更喜欢和女生们泡在一起吃下午茶,聊香港宅男女神周秀娜。

我们实习的学校在深水埗,是香港相对比较混乱贫穷的区域。Daniel 就是在这所学校的中学毕业的,实习前绘声绘色跟我讲述附近小花园里面黄肌瘦的吸毒者和衣衫褴褛的乞丐,我只是斜着眼看看他,问:"你不害怕吗?"他答:"不害怕啊!"

于是我说:"那就对了,你都不害怕。"说完眨了眨眼。他一副心领神会的样子,以后就不再提起了。

后来我发现这个区有很多流浪汉,在公园里席地坐着无所事事数着枝头的树叶。当然因为总体薪酬水平低,区内也有便宜大碗的豆腐花、公仔面、大排档和烧卖店。总之人情味很浓,危险程度很低。

学校在香港是 Band1。按照排名而言,Band1 是相对最好的学校,学生进大学的比例也是最高的。对比 Band2、Band3 的学生,Band1 的学生也更加努力乖巧。

校园正中央有一棵参天大树,枝丫一直延伸到二楼和三楼的阳台上。周一的时候我们站在学校的环形走廊上看下面的男孩子开早会。因为是教会学校,周一早晨照例要聚在一起,朗诵一段《圣经》里的句子。男孩们溜溜达达跟着班主任,从小萝卜一样的一年班到已经开始装酷耍帅的六年班。小一点的脸上带着稚嫩的好奇和兴奋,互相推搡着打闹,大一点的则脸上挂着桀骜不驯的笑容，略显不耐烦地瞥一眼环形走廊上的老师。

透过大树斑驳的叶子，我看到夏天的阳光在他们脸上筛下一个个金灿灿的影子，隐约映出小小圆形的叶子的形状，静静地把投影撒在喧闹的院子里。

*

"真想胡乱地弹一通钢琴

恨不得把衣橱里的衣服全烧了

真想把戒指和项链都从楼顶上扔下去

真想一次连抽十支烟

这样就能摆脱烦恼了吧"

青山七惠在小说《一个人的好天气》中这样描述年轻时的烦恼，那种没有缘由的对生活的沮丧，仿佛得到了的又扔掉，想扔掉的却永远扔不干净，人生总是这样，有时得不到、有时不甘心、有时却又不想要。

有时候我觉得这也许就是我班级里男孩子们的烦恼。这是二十几个初中四年级的男孩子，仿佛一个个青涩的谜团。半大不小的年纪，常常在课堂上无缘无故咯咯傻笑，也常因为一点小事几个人闹成一团。下课了仍然玩着推推搡搡的游戏，上课时偶尔还会折个纸飞机，被表扬的时候极力绷住笑脸装酷。

这样谜一般的男孩子二十多个聚集在一起，常常需要费心费力地猜测他们的想法。作业总有几个顽固分子不肯交上来，即使课后罚他们当场补写也是一副懒懒的神色。默写总是有固定的小错误，强调多少遍都改不过来。听到考试，整个班级就像是漏气的气球，一个个打了蔫，垂头丧气的，小眉毛皱巴巴拧成一团。

我觉得他们也许是有很多烦恼的。有时候下课了，几个男生会静静地坐在那里，眼睛望向校园中的那棵老树，目光随着树叶在风中来回躲闪。然而我很难参透他们的想法，仿佛隔着性别和年龄的鸿沟，这些男孩子的心思像是加了密码锁的笔记本。

**

在 Band1 不只学生压力大，老师的压力也很大。

很多香港家长被称为"怪兽家长"，这种情况在 Band1 里尤为常见。在香港，高中升大学的压力极大，很多家长在幼儿园阶段已经挖空心思要孩子接受最好的教育。等到了中学，稍微一点点的成绩差异，也许只是一次测验比上次低了几分，都要给孩子多几次课外补习。

教师们也因此经常要面对许多找到学校来的家长。由于是实习教师，又是大学一年级的新生，很多家长觉得我们没有经验。虽然只是上课两周仍然穷追不舍地来到学校，要求我们详细描述接下来的课程进程。

除了面对家长，备课的任务也很繁重。

在香港，每节课都要提前准备幻灯片，需要提前把课程以可视的方式展现出来。如果是阅读理解课，要准备相关的阅读内容；如果是新的单词学习课，则要准备大量的图片、背景知识、相关短语和单词用法；作文课要准备好范文和精彩句子赏析，还要准备好具体的段落格式和拓展阅读。

每日的作业也要酌情处理，太多，学生会大声抱怨；太少，家长就会找上门来，抱怨老师太松懈。除此之外，每天还要批改作业、准备考试内容、带领兴趣小组准备话剧社等课外活动。

***

有的时候我们在校外吃午饭，也会遇到本班学生。我对这个年纪的男生有脸盲症，觉得他们差不多都是一个样子。于是常常在学生跟我打招呼的时候只能点点头笑一下，却不知道谁是谁，是不是我们班上的。

有一次，班上的 Jason 和 Jeffrey 迎面走过来。我看到了立刻说："David，Benson，你们测验成绩不错，要继续努力呀！"然后看着他们一副困窘的表情，才意识到可能认错人了。联想起自己中学那会儿最担心被老师认错，不由得心生苦恼，怪自己没好好辨认就随便张口。

没想到过了几秒钟，他们两个就笑了，乖乖点点头道："谢谢林老师。"然后一跳一跳地走掉了。

****

我的学生年龄小，普通话也讲得差，偏偏我的粤语也不好，刚好课堂上只能用英文。许多其他本地老师会偶尔在学生疑惑的时候用粤语解释几句——这是被禁止的，只因英文课要保持英文交流的习惯，给学生用英文理解英文的机会。

然而，急起来的时候谁都顾不上，毕竟只是希望学生们更好地理解，很多学生也就慢慢习惯可以在课堂上得到粤语的提示。

有一次我放幻灯片，解释新单词"slogan"。我给了几幅图片，是麦当劳和耐克等品牌的标志，用英文告诉他们是"商标"的意思。但孩子们已习惯得到一个粤语的中文解释，因而长时间表示困惑。

于是，我告诉他们，这是一个课堂小测验，五分钟的时间自己在字典和电脑中查出"slogan"的英文意思，用英文写下来。得分按照理解和描述的准确度来算。

香港学生对于考试有着天生的敏锐性。大概是因为本地升学压力极大，只有少数优秀学生可以升入大学。因而，每个人都拼命抓住一切上升的机会，这是家长的教育结果，也是制度使然。

这次测验的结果很有意思。学生们用一张张皱巴巴的纸条极为生动地诠释了英文"商标"的意思。有人用英文解释完，还画了几个商标；有人干脆写了阿迪达斯等名牌的商标；有人甚至用英文写了商标的选取标准和用意。

从那时起，我渐渐明白：我的学生都是聪明而懒惰的。道理都懂，却依然渴望老师可以指出一条捷径，把一切都用粤语解释给他们听。

他们自己好像也明白自己的小错误，渐渐不再用粤语理解英文单词了。

在山上的学校里实习

毕业前，我进行了第二次教学实习。

这是结业考核的一部分。实习期一个月，要独立带一到两个初、高中班级。期间会有港大的教授来听三次课，打分做反馈。还要每天写授课笔记、上交备课资料等等。

实习学校是港大的一个附属书院，离海洋公园不远。早上上课的时候路边的花儿都开了，春日里喜气洋洋的，一朵朵连成淡粉色的海洋。从巴士车站走去学校的路上，抬眼就可以看到远处海洋公园的那一面山上大大的海马型标志，仿佛刻在山体上一般，是绿色树丛中略显疏离的几条线，错落地连接起来。

从教师办公室的窗户中望出去，整个校园建在一个小小的山包上。因为地势起伏，稍低一点的树木可以看到郁郁葱葱的整个树冠，春天阳光下伞一样探出来，覆盖了一小块空地。高一点的树则只能看到一部分叶子，筛落了一层光影，映在地上像一幅灰色的铅笔画。校园里多是淡粉色和黄色的小花，似乎走到哪儿都可以见到它们的影子。

学校经常组织学生自编自导一些活动。我在的那一个月是普通话月，大课间常可以见到全校学生围在操场上的台子周围，看某个班的同学表演自己排练的情景剧。香港学生普通话不太好，我有时靠近了看也只能猜出差不多八成表演内容。印象深刻的是一次表演中文版《流星花园》，杉菜被叫成了"三才"，道明寺成了"道明次"。

我带了初二的一个班，有时也帮我的指导老师照看高三的另一个班。初二的小孩子像是一个个小土豆，刚刚发芽，胖乎乎圆嘟嘟的，男孩女孩都长得差不多。女孩大都是长头发，穿了淡蓝色的校服裙子和黑色的皮鞋，常戴眼镜，脸上还有点婴儿肥。香港本地女生小时候大多皮肤黑一点，看起来有点男孩的样子。男孩则长得更矮，还没有开始长个子，脸上常是带着羞涩的笑容，动辄在课堂上傻笑。

高三的学生其实基本不用我照看。他们下了课常喜欢几个学生把老师围起来问问题。男生大都一米七八的个头，几个人把老师围在中间，看起来像是黑帮集会。他们也很注意自己的个人形象，喜欢看到女生时吹口哨抛媚眼，明明青春期的小男生非要把自己弄得很油腻。

我常给初二的学生上下午第一堂课。孩子们年龄小，又刚刚吃过午饭，春日下午第一堂课常有人睡着。所以一般重要的新知识不可以放在此时讲。这种课上有时做阅读，有时做默写，有时回顾复习。最重要的是，时刻注意学生们的举动。

班上有一个叫 Daniel 的男生，常在此时陷入梦境。我总提前注意到他困了，冷不丁请他起来用某个单词造个句，或是回顾一下上节课的内容，或是朗读一下课文。Daniel 好像被人突然用锤子敲打了一下，猛地站起身来，发言后至少十分钟内都很清醒。

还有时，我要陪学生们玩游戏，做抢答题，答对的可以拿到一盒巧克力。因为只有三道题，所有学生的注意力一下子都被吸引过来。即使困了的也因为身边同学的跃跃欲试和讨论声音而不再想睡觉。

那个月，巧克力帮了我大忙。几乎所有的小孩子都喜欢。等他们再大一点，到了高三，就更注意扮酷和扮靓。巧克力基本就没用了。

那时，我常和学生玩的一个游戏就是要全班人起立，一个个回答问题。抢答对的可以坐下，错的就要重新站着。因为速度极快，几个反应快的学生每次都可以前几个坐下；反应慢或基础差的就常常要站到最后。

Ling 就是其中一直站到最后的一个女生。她比较内向，几乎从不说话，文具总在桌上摆得整整齐齐的，小熊维尼橡皮擦紧挨着米妮的铅笔。上课时，她总低着头，有时画画，有时不知道在纸上写着什么，一叫她起来回答问题就羞红了脸。抢答时，她总是不回答，一直到全班同学回答完毕，我再给她一个额外问题,才能坐下。

Ling其实是一个很聪明的女生。她的英文作文写得很好。在一篇写郊游的文章中,她很罕见地写到当地细致的地理环境和历史,一看就是下了一番苦功夫研究的。

我于是常让她朗读作文,并在全班同学面前表扬她,让大家学习她认真细致的写作风格。久而久之,她在课堂上积极多了,尤其是提到作文的时候,脸上总是带着笑。

我有时也带学生们去图书室看书。小孩子在图书室里跑着,拿着一本本书看来看去的样子,总让我想起自己的少年时代。

香港的学生有太多压力,即使小小年纪已开始一场和同龄人之间的竞赛。大学名额少,只有少数人能读;而没有大学学位则意味着往后的人生更加艰难。日后还有极为昂贵的房子要买,要组建家庭,要在职业道路上不断上升,要养活自己的儿女和父母。香港的父母深知在本地生活不易,因而在孩子极小的时候就严格地加以要求。

其实传说中的"怪兽父母"大多也是逼不得已,知道这个社会终究会向自己的孩子出手,不如自己先帮他们尽量赢在起跑线上。

夏天是花儿开得最茂盛的时候,我们也差不多结束实习生涯了。

这次我给班里的所有同学每人写了一张明信片,内容都是不一样的。我告诉Ling,你很棒,不要害羞;告诉Daniel,世界这么美好,何必只顾睡觉;告诉其他每一个人,他们是独特的个体,是不一样的,是有自己价值的老师最喜欢的学生。

我希望我的学生喜欢我的明信片。更重要的是,我知道他们将有艰难的路途要走,要长大,要升学,要工作,要成家立业。

我很高兴在他们最天真的那段孩童时光遇到他们,陪伴他们一起走过一段我们共同的路。

业 余 时 间

我在中学几乎没有"业余时间"这个概念。"余"是余下来的意思,但我所有的时间表都是满的,余下来的只能是少得可怜的睡眠时间。因而也就像是懵懂的小驴子一样围着磨盘一圈圈地转,试图把所有书本上的知识刻印般一点点刻在脑子里。

后来到了香港,大学课业虽紧可还是比中学轻松许多。最重要的是,可以自己安排时间,选择先做什么再做什么。作业大多是论文和阅读的形式,阅读的作业可能是几十页 Reading,也可能是书本的某几个章节,读了或是没读老师无从得知,全凭自觉。当然,这自觉也一定会表现在考试和论文成绩里。

于是,我很惊讶地发现自己有了可以自己掌控的时间。香港是个物质化的城市,没事做的时候很多人会上街逛逛,看看今季流行的衣物、首饰、电子产品,就连电视上的广告也是教人们贷款的。年轻人世界各地追演唱会?没问题,贷款吧!买相机?贷款吧!去旅行?贷款吧!结婚度蜜月?贷款吧!连名牌包包都可以抵押贷款。

诚然,这里的人们还款能力和消费水平都很高。也不乏那些贷款享受生活的群体,业余时间意味着购物、旅行,提前透支未来的储蓄只为一刻欢愉。这个城市砖头最贵。老人们常说的话就是"买什么都不如买砖头"。然而,房价升到今天已经到了动辄每平米二三十万的地步。人们为了有一个自己的小窝往往耗费一辈子的心血,业余时间享受生活无可厚非。

毕竟生活在当下。

我常去看电影,幼稚地痴迷于迪士尼,也爱看轰轰隆隆的科幻片。之前也写过关于看电影的文章,有时一时兴起会独自去看一场很冷门的电影。

也读书。但发觉很难不带着功利的目的去读。阅读时间大多贡献给了英文的阅读作业或是其他专业相关的英文书籍。很长时间都没有好好读一部中文作品，心里有点过意不去。快毕业的时候有点空闲，就买了很多中文书慢慢读，觉得母语还是无可替代的。读英文可能要反复揣摩意思，中文简单扫一眼就知道作者要说什么。可能也是文化背景的原因，一旦了解作者写作的环境和意图后就对作品理解了一半。

大学时代业余时间常常追美剧。我从不追韩剧，也很少追台湾偶像剧，觉得二者假惺惺的，不太现实。内地剧里追过《欢乐颂》，之前也看了《人民的名义》。追得更多的还是美剧。我看美剧不太挑，有时候可以煲剧一天一夜也不嫌累。有字幕没字幕也不太在乎，反而看得很快，也听得懂。

字幕组倒是很辛苦的，常想着自己可能都做不来。翻译得好没人感谢，偶尔翻译错了看剧的时候瞄一眼就注意到了，会被人揪着不放。人就是这样，百分之九十九正确的翻译注意不到，有一处错误被发现就激动得一定要反复指出，加以责备。

也去旅行。澳门每年都会去几次，因为离香港近。闲下来的时候也去了新加坡、巴厘岛、瑞士、法国和美国。在美国待了一个月，只是旅行，和朋友开车穿过西海岸，很开心。

现在想想，大学的时候业余时间没有打工也是一种遗憾。兼职工作其实是港大公认的大学必做的几件事情之一。我集齐了"上庄""住 Hall"等几件，唯独没有做过兼职。

大学的时候我在几所中学当过实习老师，虽是港大安排的学期实习，也接触到了很多中学生。本地家长多以"怪兽家长"闻名，许多孩子小小年纪就背着沉重的书包，下午三点多放学后赶赴一个个补习班，像是要上战场的勇士般戴着厚厚的酒瓶底眼镜。

我们都有相似的中学时代。等到突然空闲下来，就不停地用买买买、吃吃吃、逛逛逛来填补，仿佛岁月欠我们的是无限的乐趣，我们只是变本加厉地讨回而已。却忘记那其实也曾经是我们最好的时候，是童心满满的年代，什么都不太需要操心，只要埋头在书本里面就好。日子是辛苦了一点，但未尝不是无忧无虑的。

大概生活就是这样吧，大学时代的业余时间多了也变得散漫了。人闲下来就会怀念从前，总觉得最好的时光要么已经过去，要么还在未来。

广 州 行

离香港比较近的内地城市，一是深圳，再就是广州。深圳最近，但整个城市终年奔波喧嚣，承载着无数外来务工年轻人的希望。深圳像是个漂在海上不断移动的巨大船舶，轰鸣之中透着孤独和疲惫。

这种感觉和香港很相似，只是香港是精致利己主义版的高效率和快节奏，深圳则是人口迁移过程中不同社会阶层的焦虑。

我们因而常去广州，尽管要远一点，先在红磡坐火车，然后口岸过关、转深圳地铁，再转深圳北至广州南的动车。广州要从容很多，有一种宽容的大度，没有了压迫感，有一种天地宽广任我畅游的感觉。

三月的广州空气中氤氲着薄薄的一层水汽。水汽像透明的阳光一样懒懒摊开来，挂在树梢、屋檐，挂在城市早晨的天空中。带着这种雾蒙蒙的快乐，广州就心照不宣地在春天来临之前的清晨从睡梦中醒过来。

习惯了香港的高物价，广州餐厅的价格绝对是一种惊喜。在川菜店叫一大份水煮鱼、一份炒三色素菜、一份红油抄手、一份担担面，当然还要加一大扎酸梅汤和雪碧。鱼是放在小盆一样的大阔口碗里的，扑鼻的香辣味道，大块大块的鲜嫩鱼肉被烫成乳白色，和红色的辣椒一起组成好看的画面。炒三色素菜里的鸡蛋极鲜嫩，黄瓜又爽脆。担担面则是芝麻酱和柔软弹牙质感的完美融合。

买单的时候只有一百一十元。而在香港，同样分量的四个菜至少也要五百港币。

我们去长隆。酒店就建在度假区中。早餐的时候见到两个透明的玻璃墙围起的区域，一边是一群颜色鲜艳的火烈鸟，大都单腿站着，并不动，纤细的轮廓和鲜红的颜色构成了完美的视觉冲击，一整群在玻璃后面像是阳光下折射后出现的红色梦境。

另一个区域则是三只雪白的白虎。据说白色的老虎很稀有，因为颜色无法在野外作为隐蔽的保护色因而几乎丧失野外生存的能力。这里的三只静静坐着，眼睛直直地望向四周的玻璃墙，却并不像是在看人。它们似乎对周围游客们的相机习以为常，并不乱动，视线仿佛都定格了，很久才动一点。夜里我们以为它们有神秘的建在地下的洞穴会打开来迎它们进去。但有一次夜晚经过，它们仍然还在那里，三只雪白的影子在夜里有着清冷的颜色，像是反射着月光。

长隆动物园有非洲 Safari 一般的保护区，不可徒步只可乘车。小火车悠悠然穿过长颈鹿、斑马、袋鼠、犀牛、河马们的家。动物们乖巧得令人感到惊讶，只是远远地看着小火车，带着淡漠的不以为然，并不靠近。只有一只小斑马，据说是刚刚出生不久可以外出活动，挤在妈妈的背后目光随着火车游走，像打量一个游走的庞然大物。然而，就连它也很快不看了，凑到妈妈身边继续游逛去了。

园中有很多小学生，成群结队在老师的带领下游园。看表演的时候看得出他们很惊讶。长隆的动物经过训练，会根据表演的需要从一个特定的入口跑进来，稍作停留，再离去。孩子们惊讶于天空的飞鸟会划着长长的弧线飞进来，再拍打着硕大的翅膀飞走。偶尔有一只掉队的不肯走，停在高高的杆上，孩子们就笑着看它很久。大概是在笑它的特立独行。在年轻一代中这是"酷"和特别的标志，是 90 后和 00 后共同追求的目标。想有个性、有特点，想成为人群中不一样的存在，一颗耀眼的星。但社会生产的大多是批量制作的模子，把孩子们放进去，出来的则是适合各个岗位的精确雕琢的制成品。

于是，孩子们看着那只离群的不肯离开的鸟，笑着，像是看到那个心中熟悉而又陌生的影子。

走的时候，我们坐出租。跟香港出租比，广州出租大都卫生条件欠佳。香港是皮质的座椅，常常干净得一丝不苟，一辆皇冠车可以开几十年。广州则是白色的布铺在椅垫上，挂着黑灰色的污渍，像是许久未打扫，落满尘埃。

因为是景区，司机大都要一个高价才肯载客。我们一时间无所适从，因要快速出园便也无可奈何。

下午下起雨，我陪小方去看客户，是在一片工业区之中的办公楼。因为周围环绕着各色加工小作坊和原料间，飞扬着细细的尘埃，太阳一照就融进阳光，成为细碎的金色微粒。许多骑着摩托的人在楼宇里穿行，就像是一个迷你收纳所，大楼里收纳着无数的布匹、作坊、工厂和展示间，都是对外开放的。左边是一堆堆摆在地上的布，捆成一团，纺织麻袋粗乱地裹着。右边则是一块块细碎的布料和漂亮的衣物，针脚完好，设计精巧，与商店橱窗中摆放着的别无二致。

天突然下起了雨，我和小方在毛毛细雨里继续找那栋办公楼。雨淅淅沥沥地落下来，一点点湿润了地面，还不至于打伞。终于找到了，我们的头发基本湿了，像是在尘埃中摆放了多年的玩偶，整个人涂上了一层淡灰色的影子。

彼此突然就笑了，想起之前在书里看到的一句话："都是长了两条腿的人，大家都在乎。因此，有人的地方就有江湖。"

我们看到有个体老板从灰黑色的店铺里出来，转身开启身边的奔驰轿车。崭新的轿车在阳光和细雨中折射出金色的光，在驶出的一刹那照亮了旁边他的堆满布料的小店铺。另一侧几个工人止在机器上缝制着衣物样本，不一会儿他们手中就会出现一条条漂亮的裙子。裙子会作为模板，被看好后批量生产，继而出现在商店里、淘宝上和大街小巷人们的身边。

我觉得自己在广州更多的是见证，就像是坐在时代车轮上隆隆驶过的那些乘客一样，被放到了同一辆车里。开始是忐忑和不安，怀着审视的态度，之后则是淡然。

江湖不远，此刻就在我们的眼前。

深 圳 小 记

在港校读书的学生们都喜欢深圳。大概因为隔了一道窄窄的边境线就是熟悉的乡音和土地，仿佛回到家一样。

又或许我们更喜欢回到熟悉的地方，为了不断重复来时的路，直到印证自我或是推翻自我。二者都是年轻人更喜欢的事。生活就是零和一的集合，不是零就是一。也许家和中国对我们就是这个"一"，香港则是那个无限循环的"零"。人们在"一"里找确定感和归依感，在"零"里找一种生活的平衡和循环。

深圳多得是年轻人。这座年轻的城市像是聚合于散沙之上。全国各地的打工者、创业者、大学毕业生潮水一般涌过去，像是沙粒一样不可捉摸，像河流和山川那样，逐渐雕塑一个城市的轮廓。

百年前菲茨杰拉德在写年轻人的时候说："改变河道的走向和高山的形状是件很罗曼蒂克的事，那样生命就可以在这片此前从未能扎根的荒芜古老的土地上繁衍生息。百折不挠的钢铁，年轻的人们用他们的想象力的烈火将它们炼得简洁又可爱。"

这大概也就是深圳这座城市快速蓬勃发展的原因。太多的人来到这里，用自己的双手和想象力在一片空白之上建起了一个现代的城市。什么都是新的、令人激动的、有空间拓展的、年轻的、跃动的，就像这里许许多多的年轻人一样。这个城市有跳跃着的年轻的脉搏。一切都才刚刚开始，只要肯努力，谁都有机会成功。

我来过深圳两次，该怎么形容它给我的印象呢？

几乎每次都是和好友一起吃吃喝喝逛逛。在欢乐海岸我们看到夜空渐渐暗下来，没有星斗，只是黯淡的蓝。有一只只巨大的喷泉，建在五彩的灯光上，像是夜里迷幻的梦境一般，水流和颜色交织起来，驱散了一点点夜的暗。

我们看欢乐海岸略带幼稚的表演，是两个小精灵和烧毁森林的邪恶大鱼斗争的故事。捧着零食，笑着，聊着天，我们看到周围有无数个像我们一样的年轻人，都有着他们自己的故事，今天一起来看表演。他们的样子和我们没什么不同，年纪也差不多。

后来演出开始了，我们就这样静默地坐在台下，和无数个差不多的年轻人一起。命运在这一刻交汇到这里，在这一点。我们互相见到了，甚至没有点头，下一刻又要各自分散开来。大家都有各自不同的故事。

只是在这个瞬间，我们都是差不多年龄的、开心地看着演出的年轻人。我们都和朋友坐在一起，脸上带着笑，仿佛此刻正是人生最美好的年华。

我们也去深圳欢乐谷。去了几个主题乐园后觉得欢乐谷已经是内地各大城市的标配。北京有，上海有，深圳也有。

欢乐谷只是大。没有广州长隆那种动物乐园般的主题和气氛；没有香港迪士尼般的精致；没有上海迪士尼的大气和梦幻感；更加没有洛杉矶环球影城那样，有无数部经典电影做园区的蓝图与脚本。

全都没有，却玩得很开心。巨大的园区有很多部分已经因为年久失修而关闭，开放的部分则成了一场自由探索的旅程。我们租了一辆电瓶车，两人轮流开着在园区中穿行。

电瓶车很小，只能容纳两到三人，有白色的遮挡阳光的顶棚，在园区中慢慢开着，像是坐上了一个小小的穿街而过的夏日梦境般。因为开不快，慢慢越过绿色的种满参天大树的花园，越过爱丽丝漫游奇境的宫殿，越过电玩区的娃娃机和小餐厅，越过大型摩天轮和过山车。

两个人开着一辆慢到不能再慢的电瓶车在春天的园区里穿行着，遇到了好玩的项目就把车子在旁边停靠一下，下车徒步走过去。

直到今天，好久不去深圳的我脑海里只有年轻的人们和那辆白色的小小电瓶车，还有那个春天的下午，我们慢慢穿行于欢乐谷大而凌乱的园区里。

我觉得那更像是一场令我感到开心的梦境，暗暗契合了我对理想生活的要求。不疾不徐，以自己的步伐在凌乱的生活中找寻开心的事，在庞大的时间和空间中找到自己喜欢的那个目标。

即使慢了一点，不心急，一步步走下去。

二十年前后，我与香港

二十年前香港刚回归的时候我还在幼儿园。模糊的记忆里老师早早放我们回家，坐在小红塑料板凳上吃着面前高脚凳上摆着的西瓜。电视机里传来噼里啪啦的鞭炮声和阅兵式震耳欲聋的呼喊声。

夏天一如既往的炎热。童年的记忆毕竟是模糊而又淡漠的。孩子的触觉和嗅觉里只有很局限的一块区域，大都给了操场上的蘑菇房子和黄色绿色的塑料球做成的小池塘。还有大家排排坐拿着小餐盘一起吃午餐，之后一个个排着队爬上小木床睡午觉。

那时的香港仿佛远在天边。身边的世界有过家家和奥特曼，有初开始读书识字弹钢琴的懊恼，也有逐渐体会到的成长的快乐。那时的我们都坐在爸爸自行车的前座上，欢呼着涌向幼儿园。整个中国都是如此，贫穷却有希望，因为香港和澳门的陆续回归，觉得美好的未来是可以期待的。

二十年后的今天，我已经在这个炎热的南方都市生活了六年。从大学到毕业到工作，香港似乎已经成为家般的存在。看多了满目的高楼大厦、食肆林立的都市景象，渐渐觉得自己成了一个城市里的"发条人"。每日起床、上班、吃饭、下班、回家、睡觉，沿着圆形的轨迹不断循环。

我家住在西环，是靠近港大的一个老区。区内有老旧的房屋，不同于仅仅几区之隔的中环，这里的老房子很多可以有长达五十年的历史。因为保养得当，只是外墙起了南方常见的潮气，带着些微的深灰色的墙灰，高度矮了一些，仍然住着人。

近些年这个区和邻近的坚尼地城开了很多怀旧的小店和文艺气质的咖啡厅。大多是因为中上环租金过高，因而渐渐退守来到此地。加上外国人聚集，各国西餐厅渐渐多了起来。就在海边的老宅旁面对海边的一侧开一间餐厅，透明的落地玻璃门，一开窗就是整片浓郁饱满的蓝色海涛。

电视机里一直转播着球赛。店里灯光黯淡，靠墙的一侧摆了高而宽的酒柜，中间开了许多格子做成装饰墙，再把一个个小格子填满形状各异的酒瓶。然而，大家喝得最多的还是啤酒。一条长而狭窄的吧台围绕着酒柜连起来，终日坐了很多喝啤酒的人。有港人也有外国人，捧着大而透明的玻璃杯，有时双眼注视着窗外起伏的海浪。

香港最热闹的时间大概是夜晚，西环也是如此。皮沙发里坐满了从港岛各处涌来吃西餐的人们，店里的空气中悄悄酝酿着一种略带疲惫却满是兴奋的气氛。人们边吃边小声笑着，在狭小的巷子里抬头看看外面已经变得暗沉的海面。

就连《春娇救志明》里面喝咖啡的小店也在这里。后院种了绿色的植物，窗户就开在狭窄的西环小巷里。

我每天离尖沙咀的高楼，坐公车颠簸回西环，上山坡，看到满目葱郁的绿色的树，转过无数小小的街巷，再转进一条小巷之中。港岛山势起伏，很多人就住在山上和山下不起眼的小巷之中。然而，不知不觉就到回归二十周年了。这个城市很难讲是不受触动的。机场外不远的地方竖起了大大的牌子——"欢迎总书记来港"。回归二十年，香港人就磨了二十年，渐渐形成金钱至上的世界观。现时很多港人北上掘金，故事也从二十年前的南下香港一夜暴富变成了二十年后的北上内地商机无限。

讲故事的人和听故事的人都有很多触动。这二十年对于香港、对于内地都是波涛汹涌般的存在。既然都熬了过来，便也都微笑着，讲得口若悬河，听得认真仔细。

暂且不说二十年河东，二十年河西。这里仍然有着发达文明社会需要的一切，完善的法制和金融系统、礼貌而有序的人群、高效率的公共设施。人们仍然愿意像蝼蚁一样奋斗工作。二十年的时间房价已经升到惊人的地步，变成绝对的奢侈品，想要一个家的愿望像鞭子一样抽打着人们奋力工作。

我在香港常和朋友外出吃饭。有时吃几十块的茶餐厅，有时吃几千块的米其林。香港人对"吃"怀着无限热爱。大概因为餐厅水准整体较高,路边小店常可以做出可口的意大利面和弹牙的鱼蛋河粉。也有星级大厨的米其林餐厅,白松露和黑松露磨成细条,新鲜的鹅肝煎成金黄。

这个城市不缺蔡澜这样的美食家。面对动辄几十万一平米的房价,每个人在生活中都多了些许执着。有的人爱好吃,就把各个餐厅吃个遍,心里摊开一本美食地图;有的人喜欢动漫,就搜集很多昂贵的动漫公仔。香港现时的年轻人很多喜欢动漫和日韩文化,旺角朗豪坊等商场就投其所好,很多层都是卖年轻人喜欢的细致琐碎的小物件。

大概因为大的念想太贵,年轻人往往把对房子的渴望化小,变成一个具体的公仔、一个包包、一支口红、一餐美食。生活因而轻松了很多。大的幸福暂时触碰不到,能够拥有小确幸已然满足。

然而,这个城市仍然是《红日》里的那个香港,仍然是《光辉岁月》里的那个香港。风雨中抱紧自由,自信可改变未来。

香港街头很难看到人们有什么特别的举动。仿佛这二十年只是弹指一挥间,自然而然就到了。街边的"联旺茶餐厅"里依然有新鲜的菠萝包出炉,这一只和二十年前的那一只可能相差不大。鸳鸯奶茶依然盛在小而矮的白色杯子里,入口有涩涩的口感。餐厅门前堆了极高的黑白淡奶罐,红、白、黑成了基本的色调。

每个人走过的时候都投以淡淡的一瞥。这只是间极为普通的茶餐厅,可能已经开了几十年。然而再仔细想一下,每个人可能心里都有重重的一声感叹:竟然已经过去了二十年!

二十年前的风吹过这片城市的上空,二十年前的故事讲到现在,二十年前的人们到今天拥有了更多的回忆,二十年前的楼房更贵了,二十年前的歌曲早已转变了风格,二十年前的美人常被人拿出来看了又看,惊叹着,惋惜着。

然而,这个城市仍然在茂盛地生长着。越来越多的房子被建造出来,地盘上轰鸣的机械声和新闻里政府的报告内容交互响着,嘈杂着,预示着这个城市蓬勃旺盛的生命力。回归二十年,"沪港通"、"深港通"、北上"债券通"一项项开通,香港似乎与祖国内地的纽带进一步加强了。

2017年,《推进大湾区建设框架协议》签署。香港将为广州、深圳、珠海等城市提供金融、航运、贸易等服务,而大湾区将帮助香港达成经济多元化,加强创新科技、创意产业等方面的发展。

童年记忆里,香港是遥远而又时髦的存在,是港乐、电影,是张国荣和梅艳芳,是时代的风吹来的地方。而现在的香港则是踏实的,更多地和内地连成了一个整体,一损俱损,一荣俱荣。

从前那个坐在爸爸自行车上的孩子,在这里仍然感到生活的希望和快乐。旧的在崩塌,新的、美好的在滋长,每一天都有新的希望和发展。

毕竟仍然年轻,仍然饱有鲜活的生命力和一种长久以来的拼搏意志。

二十年了,香港特区,生日快乐。

澳门

在岛上，读大学的那四年

塔 上 烟 花

澳门离香港不远,坐船一个小时就到了。我常会早上坐船过去玩一天,吃饭、逛街、看赌场,晚上十点前溜溜达达去码头坐船回香港。

在澳门,我们常去的是威尼斯人赌场里的安德鲁蛋挞。相传,英国人安德鲁在 1989 年将葡挞带到澳门。经过他改良的葡挞不太甜,用了英国风味的奶黄馅,由此风靡澳门。一口咬开香酥松脆的外皮,金黄的绵软的奶黄挞馅便随之流出来,在口中热辣辣暖融融,酥脆和软糯交织成美妙的味觉交响曲。

威尼斯人除了吃蛋挞还可以闲逛。我们也去过拉斯维加斯的威尼斯人赌场,和澳门的很像,大厅的天花板都高,绘着蓝色的天空和白色飘浮的云朵。室内建桥、建水廊,有着外国血统、肤色黝黑的小哥在水里划着船带游客绕着赌场转弯。偶尔也唱歌,许多游客和赌客索性趴在栏杆上看小船从河道里缓缓经过。

威尼斯人的大厅里有两侧自动扶梯连接着楼下的赌场大厅和楼上的购物区。抬头仰望精心雕琢的金色高高穹顶,全是宗教画幅,一般一点点铺成一个 180 度的半球型天庭。这个设计我们后来在新开张的澳门巴黎人酒店里也见过,只是后者在穹顶下是巍峨壮观的多层喷泉,连着一个宽阔的中转大厅。"巴黎人"也有一个仿制的埃菲尔铁塔,只是湮没在众多赌场之间失落了气势,比不了矗立在塞纳河边的原作。

"永利"在澳门的赌场也是类似的风格。在拉斯维加斯的第二座永利叫"Encore",澳门的则叫"永利皇宫",不仅名字接地气,内部装饰也是浓浓的中国古风:绣着深色花纹的地毯,随处可见的巨大的花瓶,墙上的中国风贴纸,聚财的图饰,入口处时来运转的装饰等等。赌场大多喜欢花团锦簇的风格,"财不外露"在这里行不通,似乎富丽堂皇才是吸引赌客的装饰风格。

我最喜欢的则是永利皇宫的新自助餐厅,外面是一整个宽阔的池子和音乐喷泉。夜里灯光亮起来,喷泉被灯光照着。水池极宽,填满了整个180度餐厅落地窗。喷泉上面修了一圈以龙为主题的缆车。游客可以搭乘环绕池子一周,可以见到硕大的龙头怒目圆睁,龙尾蜿盘旋,似要从池中腾空而起。

然而,我们年轻人最爱的大概还是"新濠影汇",也是澳门一个很新的赌场,2016年才刚刚开放。楼宇之间有两圈圆形的设计,是供游客参观的摩天轮。

我们坐在上面,轮子慢慢旋转至顶端。原来只见到几棵树和几片绿地的花园开始可以看到全貌。另一侧的泳池也是,几个圆环一般的池子镶嵌环绕套起来,丝丝扣扣之间蓝色的水面从高空望下去像晶莹的琥珀。远处的城市影影绰绰而又看不真切,其他的赌场显得近了很多,巨大的玻璃幕墙映射着日光,看一会儿就把眼睛移开了。

我们也喜欢"影汇"里的魔幻间。刚开业的时候请来拉斯维加斯的驻场魔术师表演迷失逃脱、大变活人等魔术。蝙蝠侠夜神飞驰则更有意思,在一个独立的小屋里可以看4D的制作,椅子全都是会动的,会喷水,会喷雾,配上动画效果好像真的是飞翔在动画里。

当然,澳门也有寻常百姓,也有人间烟火般的朴实与静谧。

那天,霖带我去一个山顶公园,看起来并不大,是南方亚热带常有的小公园的样子,树木葱茏,点缀着供市民游玩乘凉的石桌石椅和羽毛网球场。一路坐缆车上山,郁郁葱葱的颜色覆盖了整个山头。

山顶出乎意料的寂静。有几条分叉的小路,几块小木牌分别写着各自的归属地,箭头指向不同的方向。小路两旁都是树,只有一块开阔的空地,三三两两跑步的人顺着小路一路跑过来。不一会儿就见到一座乳白色的漂亮的塔,塔身并不高,背后有几栋稍微矮一点的相连建筑,都是乳白色的。塔尖的小圆顶此刻在蓝色的天空背景下显得纤细而又柔和,细腻的光与影都交汇在一点。

塔里有陈列室,墙上挂着澳门从前防务的老照片。下午的阳光柔和地打下来,整个澳门城安静地睡在阳光里。几只白色的大鸟停在台子上,背后是绿色的树木，高大的宽阔的叶子重叠交错。山脚下楼宇重叠，我们已在山上很远的地方了。

我们也去寻常街市里的小咖啡厅，叫一杯奶茶，看着形形色色的澳门人下班，拎着背包和公文袋满怀疲惫和希望的路人。小孩子放学，牵着大人的手蹦蹦跳跳背着书包。路上的司机像是有些着急，微皱着眉头等红灯。这是我在澳门经历的最温情的时刻。此时的澳门洗脱了繁杂喧扰的赌场背景，换上了平实安逸的样子，时光悠然，阳光温暖。

当然，澳门还有另外的样子，那是妈祖阁前的澳门，热闹、喧嚣。熙熙攘攘的游客们纷纷站在台阶上与背后的大三巴合影。大三巴原是圣保禄教堂的前壁。不幸的是，三场大火已将教堂焚毁，唯有这巍峨的前壁留了下来。五层叠进的牌坊是麻石砌成的，上面画着圣母升天的图饰，融合了欧洲文艺复兴和东方传统风格。残缺却震撼，老旧亦焕彩。

我们去了大三巴几次，有时落雨，有时暴晒，有时是阴郁的天色。牌坊附近售卖纪念品和小吃的街道总是挤满了人。人们合影、购物，在小吃摊买本地杏仁饼，在餐厅里吃葡国菜。澳门大度地包容旅人、赌徒和市民，每个人在此似乎都拥有自己的归属感和乐趣。

令我们印象最深的还是澳门的烟花比赛会演。餐厅在顶楼，当日供应烧烤自助餐。早已搭建好供驻场歌手表演的台了，旁边不远处则是烧烤台。师傅们即时烧烤牛排、海鲜和各式肉串，酒类任饮，每桌还有一大盆生蚝。顶楼视野极好，整个城市都隐隐约约出现在傍晚的夕阳里，像渐渐沉入梦乡的巨大岛屿，漂在晚霞掩映的海面。

起初，烟花只是几朵，配着低沉婉转的音乐，像夜空中盛开的小花，倒影在海面若隐若现。正觉得乏味，烟花突然一串串像阶梯般升到空中，喷薄而出金色的光彩，伴着绚丽四溢的火花，像是天空中瞬间同时打开无数瓶金色的香槟，又好在天幕里打开了一条通向云端的金色梯子。

这阶梯不断变化，前一串还未消失，后面一串又腾空而起，此起彼伏，像绵延的步伐。音乐也开始变得昂扬，是摇滚乐的鼓点，歌手的声音配着烟花的喷涌，让人一下子了无困意。海面则是波光变幻的一片金黄色，粼粼的海涛也被镀上了一层色彩，波光随着天空不断变换颜色，彼此呼应，像是一面天空之镜。

渐渐地，烟花开始改变颜色和形状，不再是阶梯状按顺序喷涌，而变成扇子一样的形状，"哗"的一朵升上天空，赤橙黄绿青蓝紫，颜色依顺序不断涌现在天幕之中，喷薄出不断变换大小的扇形烟花，极速上升又瞬间绽放，整个天幕随之快速地转变颜色。天空中开出一朵朵硕大的五彩之花，海中也映出同样的倒影，像是天上地下的两极。

然而，这花又突然增多了，不再是一朵接一朵，而是无数绚丽的花儿同时涌现在天幕，一声巨响，几朵花儿迅速向上窜，同时绽放开来，巨大的扇形花朵将天空染成红的、紫的、蓝的、黄的，无数颜色杂糅、交错、蔓延，盘旋在天幕，令人目不暇接。又因海水的倒影，颜色更像分成两层，一层在天，一层在海，天上的不断向更高处盘旋，海中的不断探入海底，似乎要贯穿天幕，直插海底。

音乐更加激昂。鼓点打得越来越急，颜色也越来越密。然后就不只是花的半圆形状了。有缓缓上升的椭圆形金球，有开屏孔雀般一串串绿色的烟火，有盘旋而上水彩般的颜色，在空中画出一个个弧形上升的曲线，精确对应出海里弧形下坠的颜色，绿的蓝的喷薄而出的色彩变换着，形状也时大时小，时方时圆，时而是直直射入天幕，时而呼啸盘旋地画着圈，又或者只是一道光束，跳跃着，升上天空，沉入海底。

我们好像看到整座城市在这烟花下面不断闪着光。赌场的玻璃幕墙倒映出烟花的绚烂，整座城市闪烁着、舞蹈着，反射着耀眼的颜色，跳着，笑着。赌场不再是冷冰冰的金钱机器，而在一瞬间有了生命。还有夜里暗沉的黑色大地，因为灯光的原因一下子被点亮了，像是沉睡中突然醒来一般，揉着惺忪的睡眼，雀跃起来，争相映出美好色彩。

我们也笑了，耳边，驻场歌手正深情地唱着陈奕迅的《让我留在你身边》：

太多时间浪费

太多事要面对

太多已无所谓

太多难辨真伪

太多纷扰是非

在你身边是谁

最渺小的我，有大大的梦，时间向前走，一定只有路口没有尽头

我愿意安静地活在每个有你的角落

别怕 让我留在你身边

都陪你度过

现实如果对你不公，别计较太多

走吧 暴风雨后的彩虹

也许会落空，也许会普通

也许这庸庸碌碌的黑白世界你不懂

生命中所有的路口

绝不是尽头

别怕 让我留在你身边

都陪你度过

让我陪你们度过，让我陪你们一起看烟花， 起读书，一起老去。就像我们今日一起在澳门看塔边海上的烟火。

PART 3

南半球的暑期学校

悉尼

南半球的暑期学校

初 到 悉 尼

2013年夏,我参加香港大学的暑期培训项目,和全班同学一起从香港飞往悉尼到新南威尔士大学。

这个项目是由香港政府资助、港大和新南威尔士大学一起展开的,旨在给就读英文教育学的学生一个到英语国家学习的机会。我们的双学位里有一个是英文教育,因而整个班级都来到了澳大利亚。

港大的暑假很长,往往到五月就基本考试结束,九月份才开始下一个学期。此时,北半球还是炎炎夏日,南半球却已经是寒冬时节。

那时还没有那首流行歌,"你在南方的艳阳里大雪纷飞,我在北方的寒夜里四季入春",如果有,我想我们一定会无可奈何地点头再摇头。

新入学要参加考试,主要测试听力、口语、阅读和写作;结束项目返港前还要进行一次类似的考试,测试我们是否有所进步。

新南威尔士的校园很美,也很新。宽敞的土校区有大片绿树和草地,正中是宽阔的人行道,旁边分布着淡绿色的草坪。时值南半球冬季,绿草和树叶仍然郁郁葱葱生长着,四季常青的样子。主要建筑都在行人路两边依次铺排开来,校园因而很大,有现代主义的建筑风格。

校园正中是一块绿油油的草地,包裹在众多教学楼之间,严丝合缝像是被精心呵护的孩子。澳洲人极爱他们的绿地,这里也不例外。午饭时间或是课程间隙,学生们都带了便当或是书本,在草地上或坐或卧,在温暖的阳光下慢慢吃东西,看看书。阳光很暖,并不像北半球冬天那种刺骨的冷。光线从教学楼的幕墙上划了一道弧线,刚刚好落到地面上,整个草坪就像被点亮了。

我们每个人都获发一个小包裹,里面整整齐齐摆放了各人的学生证号码、

相关证件、附近地图、寄宿家庭地址、信息和联系电话。我粗心，常弄丢东西，因而把里面的东西都提前拍照留底，查寻的时候也方便些。

　　因为入读的时间短，学校贴心地为每个学生都找了一个寄宿家庭。我的家庭是在 Kingsford 郊外。爸爸 Leonard 是一位机械工人，妈妈是教师，儿子正在新南威尔士大学读书。他住顶楼，每天半夜回家的时候踩着木质楼梯上楼，那梯子就发出咯吱咯吱的声响。

　　一起在寄宿家庭的还有一个瑞士男生 Stephan，想要在大学学习测量，来澳洲锻炼英文水平。Stefan 脸上经常红红的，有近乎固执的认真劲，因为住在瑞士德语区，常开玩笑说自己不喜欢法语。

　　还有从北京来的鹏哥，国家级摔跤队员，来澳洲学习英文。他的英文真的一般，但是人很好，常是笑着的，有一种没有事情摆不平的气质和风度，像大哥一样。

　　亦有一个台湾男生，叫 Byron，很巧合地和诗人一个名字，个性也内向。平日里几乎见不到他说话，如果讲话也是讲国语。有时看他在角落里木讷的样子，忍不住想他内心也许真的住了一个诗人。

另外还有一个韩国女生，叫 Mina，是典型的韩国未整过容的女生样子，大饼脸型，小小的眼睛像是脸上的两条细线。她大概在寄宿家庭住了很久，房东有时也会让她帮忙照看家里的情况。

我刚入住，寄宿妈妈就画了一幅简单的地图给我，橘黄色的粗水彩笔细细标注了附近的超市、图书馆和主要路线，其中的交叉路口用一个圆环框起来，马路则用箭头表示方向，还写好了大致距离。

寄宿家庭周围是郊外住宅区，星罗棋布分布着一栋栋两三层高的小建筑，都是独门独院，有一个小小的花园。中间是几条宽阔的马路。去超市的路上会路过一个小教堂。晴朗的天气里，教堂暗色的拱形玻璃一直沿着门密密麻麻攀升至屋顶处，在日光中反射着淡金色的光。门也是拱形的，尖顶上有一个淡黑色的十字架，像是庄严肃穆的指引。

那时还未进入寒冬，植物都是绿色的。绿色的树木、草地，在阳光下绿油油地打开了伞一般的树冠，吸纳着阳光。

就这样，我开始了澳洲的暑期学习。

南半球的冬日"暑期课程"

港大把去澳洲学习叫作"暑期课程",却是澳洲的冬日了,课业也并不繁重,大概主办方以为我们基础很差,新南威尔士大学的教师们对我们极有耐心,有些可能在香港一周就进行完的课程,在这里可以进行一个月。

整个暑期只有三门课程,分别是语言强化(Language Enrichment)、课程资料设计(Materials Design)和澳洲英语教育方法(Australian Approaches to Education)。

第一门语言强化课主要就是锻炼听、说、读、写的能力。教师会在课堂上让我们做听力填空,大规模阅读一些文章段落,然后以小组为单位练习口语。每周都要以一定的主题写几篇文章。

Materials Design 则有趣很多。有时候教师会给出一个主题,要我们以本地中学生为授课对象,设计出所需课程材料。这时,我们就要认真搜集相关的报章和书籍,然后把资料加以汇总,做成 PPT。不仅如此,一些资料还要以填空题、阅读理解题、作文题目的形式作为给学生的作业。此外,课后的额外阅读内容也是必不可少。

每个小组课后都有一个展示环节,要把自己的作品展示给全班同学看,最后在全体同学面前做展示,获得分数。

Australian Approaches to Education 则要求我们去学校里面实地考察。

第一站是悉尼市内的一所公立学校。这里一个班级大概二三十个学生,都穿着校服,眼睛一直跟随我们的身影转来转去,表情灵活,笑容可爱。我们坐在课堂后面做笔记,就有调皮的孩子回过头来,嘻嘻哈哈地看我们,眼睛眯成一条线,嘴角向上扬起,小脑袋微微侧一下,很是可爱。下课了,又有学生把脑袋凑到我们所在的办公室外面，探头探脑的样子，毛茸茸的小脑袋在窗户外面一跳一跳的。

私立学校则更精致一点。一个班只有十几个学生。我们参观的一间在悉尼城区的港口旁，校园外面是漂亮的港口。从班级的窗户望出去，冬日的阳光洒在海面上，像是万里蓝色海波之中的一抹金黄。还有白色海鸟盘旋着，明亮的羽翼化成空气中一道飞扬的白，倏忽之间便不见了。

私立学校的小孩子有一种见惯了大场面的淡定。那天是小学生的英文报纸日。老师正在教他们如何做一份报纸。我们看着几岁的小孩子熟练地收集材料、排版、组织内容，仿佛是从业多年的报刊编辑一般。还有一个黄色头发的小女孩，认真地在给自己的报刊画插图。

我走过去看的时候，发现她认真地在做一份关于兔子对澳洲本地生态系统危害的报纸，已经有三个版面了，分别是兔子入侵历史、兔子对本地生态环境的影响和几百年来澳洲人做的不懈努力。

她正在画一只硕大的兔子，两只耳朵翘着斜睨着远方，身后是满山遍野的兔子群。颜色已经基本上好了。兔子的毛发变成灰黄色，白色的纸张上灰灰的一簇簇。

每次参观完，我都要写关于澳洲授课方式的心得，是以小论文的形式，到了 deadline 要交给老师。字数要求并不多，老师们似乎想更单纯地看看我们对本地教育方式的看法。

不上课的时候，教师们很愿意在课余时间带我们到处走走。有一次是在山上野炊，还有一次是去老师家中玩。家很漂亮，屋后有漂亮的泳池和草地，面前就是宽广的高尔夫球场，一片绵延的绿色像是起伏的海浪一般。

偶尔也有爬山，其中印象最深刻的，还是蓝山。

悉 尼 有 石 墙

　　悉尼街头很多建筑是石质的。那种坚硬的、灰色的方形石材，表面是凹凸的花纹，一块块堆积起来用水泥缀连在一起，于是给人以敦厚的感觉。不同于普通建筑物，这是一种直白、坚定、沉稳的质地，从砌墙的岩石开始，所有的一切都袒露于视线之中。

　　后来在电视新闻中看到一掠而过的街景，我也能立刻猜出是悉尼。大概就是类似细节的累积，悉尼有了它自己的样子。

　　此时的悉尼像是冬日里的公园，树木依然是绿的，枫叶一般形状的叶子，在下午的阳光中筛出一个个斑驳的或黯淡或明亮的光斑。公园里是大片的绿

地,工作日的下午仍然全是或坐或卧的人们。大家在草地上趴着聊天、看书、野餐,俨然已是周末的气氛。流浪汉戴着棒球帽坐在公园的长凳上,手里拿着一把鸽粮喂鸽子。成群洁白的羽翼缓缓降落下来,慢慢聚拢,围在流浪汉身边。歌手在公园中心架起麦克风,弹起吉他。不远的地方,一对中国新人携手向前跑去。新娘的白色裙裾飘在风里,像极了身旁鸽群的羽翼。

有一次,学校组织我们去悉尼海滩看回力镖表演。表演者是一位原住民老人,已经六十多岁了,却能把飞镖玩得呼呼作响,那回力镖像认识主人一般,打着旋儿飞出去,少顷又飞回来,稳稳落在老人手中。

"不用急,扔出去的回力镖总会回来。"这是那天结束后我依然印象深刻的老人的一句话。直到今天我还时常想起老人说话时的样子,像是带着深意,又像是云淡风轻。

那时,我刚好读大学二年级,生活中常有想不明白、看不透的事情,也觉得学业辛苦,生活仿佛是一场漫长无边的独行。现在想来,我当时只明白了故事的一半:成年人的世界里没有"容易"二字,却没有想明白另一半:该去的依然会去,该回来的却一定会回来。

那之后不久,我去了悉尼歌剧院。远远看纯白色莲花般的建筑盛开在碧蓝色的海边。看悉尼大桥一道长虹般跨过一汪海水,隔了一条浅浅的海湾从海面上铺过去。在海滨长廊眺望悉尼市中心,整个城市仿佛电影中茁壮成长的魔幻植物,整个摩登区域从海水中延伸出来,那大大小小的错落建筑仿佛生于海水之中,深蓝色的玻璃幕墙反射出晴朗的阳光。

这里的悉尼已经不再是石墙,而是无数玻璃幕墙组成的一个个细密的梦境。

夜里的悉尼歌剧院亮了起来，无数的光影投射在白色外墙上。整个歌剧院不再是冰冷的白，反而成为一个个绽放的花朵、白日的影子、孩子们的笑靥、群山的呼唤和蝴蝶的翅膀。光芒变化之中，歌剧院成了影子般的存在，每一帧图画都是一个特别的故事，每一个不断变换的颜色都给予厚重的外墙新的生命。夜晚的歌剧院和大桥变成了五颜六色光华世界里的一道神秘的光。

我们去悉尼大学，见到古老的校园和城堡一般的主建筑。墙壁照例是斑驳又厚重的石头的颜色，深黄中带一点红，整个城堡做成漂亮的方形，上面是延伸到高处的尖顶，阳光下城堡顶部在蓝色天空背景之中仿佛是一个可爱的石头尖。

人说做学术其实就是成为那一个尖尖的点，把人类的认知再向外突破那么一点点。大概就是这样一个极具意义的一个"尖"吧！

当然，这也是悉尼惯用的石头墙。石头墙做的大学城堡、银行、博物馆和图书馆。石头似乎给人坚定而安稳的支撑力，一看到就觉得这是一栋稳固的建筑。我喜欢在有阳光的日子去眺望城堡的尖顶，看石头和天空、阳光交汇处的样子。

那是石头和人类的小小秘密。我们所有的骄傲大概就是用人力去创造一点什么，就像是石头，削减了脑袋，成为那一个"尖"。

岛屿国和你们

初到悉尼,我住在一个本地寄宿家庭。平时常和朋友一起出门去闲逛。

七月是悉尼的初冬。下午,整个城市被充沛又明亮的阳光和婆娑的树影点缀着,仿佛明媚的日子一眼望不到尽头。在我看来却是夏日和冬日交换了空间。南半球晴朗的夏天正是北方漫天飘雪的冬季。北方酷热的夏则是南半球冬日里厚重的毛衣和寒冷的风。时间像是绵延无边的河流,缓缓流淌在这个辽阔的岛屿国度。

彼时我们像是无拘无束的孩子,冬日的夜里做完功课,走十分钟的夜路,拐弯,寻着街角黯淡的路灯找一家泰国餐厅。然后静静看着面前的冬阴功汤,橘红色的一小份盛在白色小圆点的敞口小煲里面。端上来的时候还咕嘟咕嘟冒着热气,像是冬日里的小温泉,那气味和温度一样都是暖的。不由得想起粤语里"阴功"是可怜的意思,于是笑了一下,突然觉得此刻离小岛好远,隔了漫无边际的海洋。

沿着寄宿家庭外面的小马路直走大概十分钟,再向左转,就到了住宅区的小中心。那里有大大小小的本地超市,售卖摆在橱窗里陶瓷盘子上的绿叶子沙律。选三份刚好盛满一个透明的塑料碗。往往是加了沙律酱的白色碎鸡蛋、几片绿色的叶子和几勺煮好又冷却下来的通心粉。密密实实装好,就是一碗可以拎走的沙律了。

附近也有中国人开的小商店,极小的一间铺子,卖国人爱用的电子秤和几块澳币一只的招财猫。每次进店都有一只招财猫立在桌子上,手臂上下摇晃着。东亚人相信这种猫可以招财进宝,澳洲人显然没有类似的概念,店里总是极少有顾客。

背景是小而昏暗的店铺，里面密密摆满了各种杂货。然而阳光打在小猫的身上，泛出一点金色，有背后黯淡的商品做陪衬，这猫又显得灵动起来。

但这也是我为数不多的想念小岛的时候了。冬日的悉尼，空气带着一丝凛冽的感觉，时光是漫长的，不断延伸着的，像是时空里的一条平行线。在这凛冽的风里，我们踩着这条平行线，就着阳光，一路闲逛、吃饭、嬉戏、互相说笑。

Stefan 和鹏哥，一个是学柔道的，一个学摔跤的。两人常切磋技艺，言语之间总想证明自己所学才是修身养性、防身自卫的不二法门。行动上也常是一个过肩摔伴随着一个高踢腿，无端吸引了许多路人的目光。

拜伦是忧郁的台湾男生。平时不说话。只有在我们约好去看电影的时候才会变得有一丝丝活跃。他总带着台湾腔跟我们聊天，是那种《康熙来了》里面经常出现的腔调，每次都把我代入宝岛台湾的环境里面。拜伦说的内容往往很简单：大男孩想要自己出去租房子住，又不知道澳洲的留学生涯会怎样，以及，他想要一个女朋友。

几年后，每当我在脸书上看到拜伦和台湾女友甜蜜地手牵手走过悉尼大街小巷的照片，都忍不住想要笑起来。仍然记得几年前的一个夜晚，我们慢慢吃了饭走回去。我正因为碎掉的第二块手机屏幕而闷闷不乐的时候，台湾大男孩爆出那一句仿佛是喃喃自语的独白："可是还有更糟糕的事情啊，比如，我还没有女朋友。我都不知道能不能找到喜欢的那个人。"

通常我们说国语的时候，Stefan 只是笑。他是个很温和的瑞士男生，有着瑞士人固有的保守和执着。据说他是柔道高手，当然鹏哥坚称自己的摔跤厉害过他的柔道。数年后，我和轩去苏黎世，又一次见到 Stefan。他一点都没变，还是从前的样子，有点矮，剃了平头，蓝色的大眼睛带着温和的目光。

我们一起在苏黎世的老城里游荡。圣诞节就要到了，城市里开了圣诞市集，缤纷得像个万花筒。我们就这样一起怀念起那个在澳洲的冬天，一群北半球的学生在南半球度过的那个冬天。

Stefan 仍然没有女朋友。他竟然也用微信。第二年过年的时候，我很惊讶地收到他从瑞士发来的中文微信：新年快乐。

我回复了一个大大的微笑：Happy Chinese New Year！

还有一次，我在朋友圈分享了一篇关于《权力的游戏》的文章。Stefan着急地发来微信，说他只能看懂图片，说他也在追 Game of Thrones。

每当这些瞬间，我就会想起冬日里我们一起坐在悉尼小街上的餐厅里吃饭的情景。冬夜，食物的气温一点点升腾，化成蒸气，慢慢四散开来。

因为他们，我在这个大大的岛屿国之中，并没有感觉到自己也变成一个孤独的海水环绕的寂寞的岛。反而回忆里都是澳洲冬日的阳光，细密明亮的光，温暖了整个冬季。

蓝山

南半球的暑期学校

悉尼以西

一大早整班人辗转坐巴士进深山,只为探访传说中的蓝色山脉。

那时,天气已经渐渐冷起来。我们一个个裹成小粽子一样,早上五点钟出门的时候还是睡眼惺忪,在车上便一个个倒头大睡。一路颠簸了一个多小时,终于到了。

蓝山在新南威尔士州以西六十五公里的山脉地带,因为有着茂盛的桉树,太阳出来的时候水汽凝结聚集,细密的水雾冉冉升起,山谷中仿佛笼罩着一层轻薄的蓝色烟雾。十九世纪,这座山挡住了欧洲拓荒者向西拓展扩张的去路,直到1813年才有人费尽心思跨过屏障,进入西部山区。这座终日仿佛氤氲着蓝色雾气的山脉因而渐渐褪去神秘的面纱。

车子早已在不知不觉之中经过回环曲折的沿山公路，攀上了瞭望台。刚一下车，一股寒意迎面而来。我们不禁裹紧了衣服，哆哆嗦嗦地望开去。山中刚刚下过雨，雾气早已散去。眼前的天是无尽的淡蓝，高而深远地悬挂在头顶，仿佛是绵延无边的海，又像通往邈远无边的天尽头。空中有大朵大朵的棉花糖般的云朵，淡淡的白色，衬托得远处连绵起伏的群山仿佛暗黑色的轮廓上缀了一个淡白色的边。

近处的山峦是低矮而又平整的，全都整齐地生着树木，连绵的绿意缀连起整个山谷。远处则有较高一点的山峦，连成一条线，形成一道明显的山脊，只在其中开了一个小小的口子。近处有三座稍高的小山头，相互连接又很奇特地刚好被分成三块起伏的石头，仿佛被从附近的山体中劈离开来，有一种卓然的美感。

这是蓝山最有名的三姐妹峰。相传三姐妹爱上山下的异族三兄弟。这一行为严重违反族规，并导致山上山下两个族裔的大战。一位巫师为保护三姐妹免受伤害，将她们变为石头避险。后来，巫师不幸战死，三姐妹永远化为了石山，永远眺望着山上山下的丛林。

山中也有空中索道，缆车四壁包括底部都是玻璃做的，车子行进的时候仿佛悬在空中一般。看着绿色的山林从脚下穿过，嶙峋的石头一瞥就不见了。远处的山峦仿佛晃动着，瀑布从高高的石崖上缓缓落下来，树木的叶子在风中发出簌簌的响声。这一切在仿佛可触碰的无边无际的邈远山谷里，也在我们脚下身旁的绿叶之中。

也有极为陡峭的观光铁路，据说拥有世界上最斜的坡度，坐在上面即使扣好安全带，下降的那一瞬间仍然有坐跳楼机的感觉，身边的山谷仿佛在垂直向上攀升，整个人向下沉降，不断坠入深深的谷底，看着眼前的树木上升，树叶从眼前移动到头顶，绿色在不断向上升腾，人和车子则不断下坠。一路见到新的浅淡的绿色，一点点变成浓郁的深绿、墨绿，颜色一点点暗下来，我们也渐渐降入谷底。

向上则是一种仿佛升腾一般的感觉，像是飞机升空时快速的攀升，眼前的一切飞快掠过，然后向下降去，电梯格子一般一格格走过林木，仿佛绿色也被划分了高度，逐级攀升，阳光也一路变得浓烈。眼前的光线一点点明朗起来，绿色渐渐变得淡而光亮，像是不断升腾的巨大格子，我们坐在车上近乎垂直地从谷底上升，一路见到植物的枝叶逐渐茂盛起来。无数巨大的绿色叶子向上伸展，追逐着阳光的方向，就像此刻的我们。

直到强烈的阳光又一次出现，我们回到了刚刚出发的地方。一切都显得有点刺眼，仿佛我们并不属于这里。眼睛还没有习惯地面的明媚。

整个蓝山在下午的阳光中显得绿意盎然，像是庞大的混沌的绿色集合。我们并没有看到蓝色的水汽，只是心中暗暗描绘着蓝色雾气升腾的样子：绿色的山谷升起浓郁的蓝色烟雾，阳光下蓦然迷住了人们的眼睛。

像一个绿色的梦境，这座名叫"蓝色"的山脉。

墨尔本

南半球的暑期学校

墨 尔 本 的 大 红 唇

如果你是逛街爱好者，大概会喜欢墨尔本多过悉尼。

在悉尼市中心绕几圈，记忆里大多是市中心的石质建筑、银行、小公园和几栋商场，是厚重而斑驳的石头质地在冬日的寒冷的感觉。墨尔本的色调则暖了很多。在这里，建筑物的底层大多是小商铺；市中心沿街的街道两侧也常售卖纪念品、化妆品和体育用品等；还有高大的商场，外墙铺满了LED显示屏，光线就在夜色里组成一道道光柱，光鲜的艺人和商品广告在大屏幕上不分昼夜地播放着。

这反而有点像香港。

墨尔本的博物馆正在举办莫奈的展览。一进门，底层的大厅里有一汪碧蓝的水池，上面参差漂浮着乳白色的盘盏，看起来像是漂浮在碧蓝之上的白色梦境。那盘盏似乎在水面上是微微移动的，却需要眼睛长时间盯住看才能分辨得出。又抑或是长时间看的时候产生了幻觉，那颜色也就和柔和的蓝色

一起组成了一个极为抚慰人心的组合。看得久了，心也宁静下来，像睡莲，也像梦境。

大街上有头戴粉色小花的大马奔驰而过。马身上套着车厢，里面拉着行人，大大的车轮像是木质的，在柏油公路上留下一个曲曲折折的圆形轨迹。行人坐在车厢里向外张望，打量着这个刚刚放晴的城市。

毕竟天刚刚亮，马儿跑，太阳也在慢慢升起来。红的粉的花朵开得正艳。墨尔本似乎并无冬天的概念。

大街上已经喧嚷起来。涂了金粉的表演者们装作是一尊雕像，却在不经意间动了一下，随后去追一个小孩子，逗他开心；拉大提琴的人将提琴小心摆放在眼前，乐声低沉而有穿透力，在喧嚣的市集显得清冷，引来一些人驻足。

我们登高去看整个城市，看到河流和桥梁，看到大大小小的街区，火柴盒一般的楼房。看到眼前的车辆来来去去，蝼蚁一般挤满了街道，却看不出它们要去向何方。在极高的地方，城市像是奔腾流淌的河流，渐渐沿着眼前的时间和空间茁壮生长，将触角不断向外蔓延。于是，新旧城区慢慢铺展，像是河道一样，不断拓宽出新的支脉。那河流的轨迹就是城市的脉搏，顺着公路不断向外延伸。

我们在夜里租了单车去骑车。我戴了头盔，从车子到头盔都是蓝色的，在夜里和暗蓝色的星空遥相呼应，像是一枚蓝色的孤独星球。起风了，树木慢慢变成一个个飒飒的影子。黑暗里有昏黄的路灯，也有"呜呜"的风声，阵阵吹来。我和我的蓝色单车缩成一团淡蓝色的烟雾，在黑暗中慢慢移动。

走之前去墨尔本大桥那里闲逛，很远就看到一个红唇形状的雕塑。日光下，它显得过于鲜艳，和街上匆匆路过的人群和冬日里略带寒冷的空气格格不入。然而，它似乎又是快乐的，高高矗立在街头，黑色的背景下一个极鲜艳的大红唇，做成不对称的心形，阳光下，耀眼得很。

于是，我跑过去和它合影，心中觉得诧异。为什么在城市中心会出现一个硕大的红唇？然而又觉得可爱，因为它的颜色实在鲜艳，经过的人无不驻足品评一番。雕塑仿佛理直气壮起来，像是叫嚣着的汇聚的色彩，也不在乎路人的目光了。

很久之后，我仍会想起那个五颜六色的心形雕塑和大而夸张的红唇，还有夜里骑车的事。过了太久，记忆都有些模糊了，却仍留有支离的零散片段，一点点串联起一段从前的旧时光。

漠然而又无可奈何地点头，算是与时光和解。

凯恩斯

南半球的暑期学校

黄金海岸、香蕉园和海上颠簸的船

和 Edith、Amy 一起抵达黄金海岸的时候已经是下午了。

天空晴朗无云。仍是白天,远处海水与深灰色海岸线交汇的地方却赫然见到一轮极圆极亮的明月,袅袅挂在天边。那海水就显得有些黯淡,仿佛海上生明月的场景,然而此时仍是下午。

已是南半球的冬天,热带的凯恩斯仍然像个热力四射的小火球,嘶嘶散发着热气。酒店里阔大枝叶的热带植物就这样满溢生长着,从墙的那边蔓过来。

热带的冬天,仍然满眼都是夏天的绿。这让我想起故乡北方的冬天,漫天纷飞的鹅毛大雪仿佛封存了万物,洋洋洒洒就是一个冬天。相比之下,我更喜欢四季分明的日子,一步一个脚印,大自然用自身的变化告诉我们时光的变迁。

从春日的花苞到冬日路上厚厚的一层积雪,你就知道自己又长大了 岁。这一岁,刻在气候的变迁里,刻在身边的景物里,刻在脑海中的记忆里。

然而在凯恩斯,四季是不变、郁郁葱葱的样子。温水煮青蛙一般,人们在晴朗和暖的阳光里终日浸泡着,懒洋洋不肯动。

也许这就是这里被称为"阳光海岸"的原因吧!

我们去坐小火车。红色的车身穿行在碧绿的山水之间,蓦然转弯进了隧道,却在迎来光亮的那一瞬间见到山间一道白色的瀑布,疏疏朗朗从灰绿色的石头中跳了出来。水汇聚成几股耀眼的白,奔腾流淌着汇入山中的一汪小池子,这瀑布就这样奔涌着,跌跌撞撞却又从不停息,发出一阵阵细微的轰鸣声。

火车是鲜艳的红色,就连车厢里面都是暗色的红,仿佛老旧木头的颜色。

车上有大而明亮的玻璃窗子,安了保护的铁栅栏。从窗口望出去就是连绵起伏的草地、郁郁葱葱的林木和群山。

有一次,火车拐了一个弯,一眼瞥见山下的小村庄。整个村落仿佛一个山涧中的婉转故事,有瀑布做开端,郁郁葱葱的苍茫群山做结尾。然而,就是这样的惊鸿一瞥,村落很快就隐于茫茫群山之中。

很快,小火车靠站了。车站被分成一格格的,是一些售卖本地货品的小商铺。我在一个恐龙化石的小摊位前停了下来。小屋子的立意是恐龙博物馆,里面影影绰绰可以见到很多恐龙标本似的白色石头,一块块缀连起来;也有许多宝石般的小石头做成的手链。隔壁的小屋则是售卖本地原住民的鼓、地毯和其他装饰品。色彩鲜艳的鼓蒙着精心绘制的鼓皮,像是热带地区人们喜欢的风格。

九千多万年前,这里曾经有一种独特的澳洲龙。这种小型恐龙曾经称霸阳光充足的澳洲海岸。五万年前,第一批人类到达这个大陆。他们就是人们眼中的澳洲土著。

而现在,只有我们,在这个阳光灿烂的海岸,在这些小小的商铺之间流连。

我们从火车站赶去香蕉园。那是建在内陆的一个大大的园子,园中种满了高大的香蕉树。已经过了收获的季节,树上空荡荡的,然而香蕉树之高大仍然令我咋舌。园内,无数棵香蕉树规规矩矩逐个排列好,矩阵一般的叶子兜住一角阳光,瞬间荫庇了一隅光线。

旁边停着的是自动采摘的机器。这硕大的家伙可以自动采摘香蕉,再经过一番工序,果实会被统一倒入旁边的收集机里。那里像是一个程序化的巨

大工厂。两部机器的轰鸣中,香蕉就这样被从高大的树上采下,慢慢进入千家万户中。

附近也有野生袋鼠园。澳洲有很多这样的袋鼠园,多数时间可以无限靠近袋鼠,在它们身边喂食,摸摸小袋鼠的脑袋。这个园子在高大的石山上,可以眺望远处的整个平原,仿佛沉浸在阳光之中的小小方块,一个个迷你楼房沐浴在阳光之中。

袋鼠大概习惯了人们的存在,并不认生。小袋鼠反而会主动往人们怀里拱,孩子般讨要更多的零食。这里的袋鼠大小毛色各异。石山上是小一点的袋鼠,最大的也不到一米,灰白色的皮毛。它们的眼睛很大,有时会在远处观察你,眼睛一眨一眨的。

第二日,我们约了去船上浮潜,然后坐直升机看大堡礁。不料,却遇到了让我们极为难忘的经历。早上天气已经开始转阴,豆大的雨点噼里啪啦落下来。天气一改往日的晴朗,阴郁的天空酝酿着硕大的乌云。

我们上了船。开始还好,开动起来才发现简直就是坐在蹦蹦床上一般。

小船随着波浪剧烈地左右上下晃动。我们的五脏六腑也随之翻滚。Edith、Amy 和我铁青着脸,趴在小船的桌子上。

过了一会儿,Edith 走了出去。随后就有一个黄胡子大叔匆忙跑进来,问道:"前面在甲板上躺下来的女生是你们的朋友吗?她的脸色好像很难看,有事情吗?"然而他看到的是同样面如死灰的 Amy 和我。此时我们也一样躺在座位上,脑袋被晃得很痛,仿佛整个世界都在不断翻滚旋转。

大叔大概见惯了晕船的乘客,见我们没事就出去了。我回头看了看船上的乘客,有像我们一样晕得厉害的,正眼冒金星躺在船只的一角;却也有谈笑风生的外国人,仿佛旋转于海浪之上的小船完全是静止的,那些颠簸对于他们并无任何影响。

半小时以后,我们终于到达浮潜的目的地。每个人可以拿一套装备,在外面的指定地点潜水,不会的也可以找教练。我们三个人瘫在船上,颠簸并没有随之消退。停泊的小船被汹涌的海浪撞击着,上下左右剧烈地摇动。

我们只好眼睁睁看着大家出去潜水,心里只想着早点回酒店。很快我们就被告知,因为天气状况直升机不能起飞。我表面上露出有点遗憾的神色,心中却暗喜:这样的鬼天气,已经晕船,如果再来一个晕机,岂不是要过早实现人生中晕交通工具的大满贯?

直到很久很久以后,仿佛过了一个多世纪,船终于返港,抵达了坚实的陆地。脚踏上陆地的那一瞬间,我感到自己重回人间。

原来能脚踏实地也是一种幸福,它让你明白有所依托、有所顾忌、有所期待,是一种安然的、稳固的存在。从船上下来的我们,对此深信不疑。

PART 4

一个交换生的自我修养

京士顿

一个交换生的自我修养

启　程

2013年九月，我从香港启程去加拿大多伦多附近的小镇京士顿（Kingston），开始长达半年的交换生涯。

从香港出发要飞十五个小时才能到达多伦多。我乘国泰航空的飞机，和一对抱孩子的夫妻同坐一排。出发前，我在包里装好拖鞋、眼罩、卸妆液和面膜，打算在飞机上火速卸妆、敷面膜、戴眼罩，抓紧陷入沉沉的昏睡状态。毕竟路途漫长，又受机舱内的空间限制，容易让人感到压抑烦躁。

然而事情和我想象中的并不一样。小孩子不满一岁，在妈妈的怀中挣扎哭喊。大概是机舱内的沉闷环境让他感到不安，他愤怒地举着小拳头大声哭着，小脸憋得通红却没有停下来的意思。好不容易他终于在爸爸怀中睡着了，没过几小时哭声再次响起。父母满脸是歉意，也被孩子的哭闹弄得心神不宁。于是我的整个旅途就在孩子的哭闹、父母的安抚、空姐的安慰声中度过。

出了机场已是晚上。我在机场希尔顿酒店过夜，打算第二天一早赶赴京士顿。机场与酒店的接驳巴士上，一个黑人小哥热情地帮人把行李拎上拎下。大概因为肤色深，他的眸子和牙齿显得格外白。见到我一个人拖着大大的行李，他快步上前，朝我友好地笑了一下，伸出援手，大而沉重的行李在他手中仿佛缩小了几倍。我也笑笑，揉了揉一夜未眠已经泛了黑眼圈的双眼。

第二天早上，我被窗外的阳光照醒。

多伦多秋日的阳光耀眼极了，带着满满的热力洒下来，像是仍留恋即将过去的夏日。整个郊区笼罩在满溢的阳光里，附近的桥梁和起飞的飞机都像生动的泡沫，在暖意中逐渐升腾。

早餐让我大开眼界，只是叫了一人份，却拿到了超级大份的四块松饼、四大条香肠和两个大大的太阳蛋，足以喂饱三个人。另外还有一碟满是果酱、牛油的碟子和一大杯橙汁。

我向送餐员道了谢，给了几美金小费，顺便打开电视。

这个世界上的人们大概可以分为外向型和内向型。内向型的认为一个人独处是最开心、最安全的时光，仿佛所有的时间都是自己的，可以做自己喜欢的事情，写喜欢的文章，读喜欢的书，完全不会因为一个人而感到无所事事；相反，外向型的喜欢社交和聊天，他们从与外界的沟通交流中汲取能量和动力，进而获得激动和开心的感觉。这一类人往往也喜欢花团锦簇的气氛，乐于营造令众人瞩目的风采。

我想我大概属于内向型的群体。

我已经习惯一个人的生活。此刻孤身一人跨越几个大洲求学，也没有觉得奇怪。出生于中国内地九十年代的年轻人大都像我这样，平时是家里唯一的孩子，因而也习惯了独处。有时一个人拎着背包到处游走也并不感到孤独和奇怪。毕竟路就在脚下，很多人很小就外出读书，很多事情都是一个人做，心下也没有太多恐惧。

当然偶尔也会感到孤独，往往是在长途公路上。从多伦多机场到京士顿坐 Megabus 大约要两个半到三个小时，沿路都是绵延的荒原和农场。偶有一辆运货卡车路过，或是一辆大拖车，被涂成变形金刚里擎天柱一样的颜色。拖车后面拖着几节长长的车厢，蜿蜒而过，是万里黄绿色中一抹鲜艳的红。然而，大部分时间都是荒野中无聊寂寞的黄绿色。车窗外的景象像是凝固的大片大片水彩，只有几个单一的颜色，固执地在画布上涂抹渲染，绵延几百里，是造物者孤单的独白。

这时孤独感才会慢慢笼罩着我，像是心中有一块大大的石头一直悬而未落，忽然掉了下来。这种孤独感压迫着我的整个思维，像自由落体，牵引着思绪不断向下。这种感觉是我在加拿大半年间常有的体验。有时是在喧闹的人群中，只有我一个人孤独地走着；有时是在往返多伦多的巴士里；

有时则是在寂寥的雪夜，附近并没有人，只有树梢上的积雪慢慢落下的声音。

车辆到达京士顿的时候刚好是中午。我拖着行李一路寻去，见到了寄宿家庭的妈妈，是一位在幼稚园教授法语的单亲妈妈，大约五十多岁，儿子早已离家读大学去了。住宅是两层的连体建筑，是加拿大常见的风格，一排排相连的两层建筑隔出一道道独立的小院子，每个家庭都有独立的门和后院。有别于独栋别墅，墙与墙之间是贴在一起的。

我的房间在二楼，一间小小的屋子，通着电暖气。四壁都是白墙，挂着装饰画。一个大大的衣橱、书架、书桌、电灯，一应俱全。旁边还有一张小小的床，靠在百叶窗旁，可以看到外面绿树成荫的小街。

我向寄宿妈妈道了谢，便出门去看学校和小镇的街道了。

初 来 乍 到

京士顿是个人口只有十二万的小城,坐落在安大略省东南部。十九世纪中叶,曾在很短一段时间内成为加拿大首府,后来就渐渐沉寂,只作为一处军事要地,并以皇后大学闻名。

小城布局简单,一条主干线贯穿市区,连接起医院、图书馆、商场和众多餐厅;另一边则是千岛湖,大大小小的岛屿星罗棋布。碧蓝色的湖水倒映着白色的灯塔和小船,在秋日下午,纯粹的白色和整片天空湖水的蓝,像是宫崎骏动画片里的背景版。

如果你去加拿大,你会喜欢这片湖泊。

因为它也许恰巧是你脑海中最纯粹的湖泊和天空的样子。

城中心照例是白色屋顶的教堂,筑成童话般的通体乳白色,三层建筑有着尖尖的塔顶和半穹的墙体,晴朗的日光下,白色教堂沐浴在阳光中,又被

四周绿色草坪映衬着,像是从绿色中缓缓升腾起一朵奇异的奶油花;又像是被阳光晒得久了,白色在日光中升温,仿佛涂了一壁牛奶,浓郁而柔和。

加拿大的城市中心常有这样的大楼,大都是好看的哥特式建筑风格,尖顶、石墙,却没有冷冰冰的距离感。

我到达的夏末秋初,阳光还是温暖的,风里却已经起了一丝寒意。在北方的国度里,我站在仍然阳光明媚的午后,常常幻想不久即将到来的冬季。不知湖面会不会结冰,淡蓝色的湖水是否变成茫茫然铺天盖地的白。雪是不是下起来就不再停止,直到所有的房屋都变成圣诞老人国度里挂着水晶冰柱和堆着皑皑积雪的一部分?

坦白地讲,我对加拿大是好奇的。这种好奇心也是支撑我一个人拎着大箱子来交流学习的原因之一。

这几年毕业了,常常会担心失掉这种好奇心,觉得就像丢失了整个未知的世界,所有探索的快乐都要不见了。

我还不想变老,在加拿大交流的时候觉得自己仍然是个满世界跑的小孩子,永远好奇、永远快乐、永远想要透过万花筒看看不一样的东西。

周日下午照例有农民市集。在市政厅前的广场上,大家搭好台子,前面贴一块简陋的招牌;有的根本不写卖什么,只是大剌剌摆满一桌,等待看客挑选。一个写着"有机鸡蛋"的摊位上摆着小冰箱和许多新鲜鸡蛋,一摞摞向上堆起

来，旁边是一只憨态可掬的公鸡玩偶，守护神般俯视着身旁的一格格鸡蛋。

摊主悠闲坐着，并不在意有没有生意，径自快乐地弹起吉他。乐声随着九月的微风吹过来，风里带了些烤面包的香气，夹杂着新鲜采摘的浓郁野花香。整个市集像是生长在这个晴朗的午后，茂盛、繁郁。

我去超市买接下来的生活琐碎物件，每每都要经过超市外的小小草坪。草坪连接着人行横道和超市内的行人区，有一条人行通道铺着碎石。然而，草坪早已被野鸭子占领。附近并没有水源，但总有成群的野鸭子匍匐在草坪上，或是晒太阳或是嬉戏玩耍。行人经过时它们不免要扑腾着翅膀飞起来，羽翼呼啦啦遮蔽了晴空的半个角。有时候几片羽毛坠落下来，飘飘忽忽的，像是这个小镇的生活：悠闲、快乐，没有尽头地零落下来的时光。

心里觉得奇异，它们是我所见过最无拘无束的鸭子。尽管本地鸟类大都不怕人，还常常攻击路人手中的食物，但这些旱鸭子不寻找水源，反而霸占了超市外的一片草地，在行人和机动车之间安然稳妥地找到了自己的幸福。

真的是很奇特的一群生物。

镇上有一间寿司店，只是所售寿司仍然是外国人习惯的吃法：米饭卷好豆腐牛肉后加上大堆的沙拉酱，吃起来味道极为浓重，像是在吃米饭做的沙拉，又像是在吃厚厚沙拉覆盖的米饭。

外国人往往号称喜欢吃日本餐和中餐，吃到的却常是改良版的食物。中餐往往要大火煎炸后再加很多蔬菜炒起来，做成油腻而又味道浓重的一小桶。加拿大本地人常买这样一桶一桶的中餐外卖，自觉像是参透了遥远东方的美食真谛。

还有一间小小的杯子蛋糕店。蛋糕是软熟而又烟韧的口感，配上小小的甜脆核桃或朱古力，精巧地摆在陈列窗口里小树枝一样的蛋糕架上。那"树"凭空向外伸展出无数的枝丫，每一个枝丫就是一个小巧的蛋糕。

就这样，我在深秋来到加拿大千岛湖畔的小镇，独自一人拖着几个大箱子，读书，旅行。

皇 后 大 学

皇后大学并不大，由一条主干道连接，从校园一边走到另一边只需十五分钟。

学校历史悠久，加拿大建国前就以维多利亚女王的名义建校，今年已在庆祝建校 175 周年。学校是加拿大传统的四大校之一，以金融为强项，坐落在小城京士顿。

校园里 95% 以上都是白人学生。走在人群中，我不免生出若有若无的疏离感。只有一次，在路上看到一位黑人学生，远远看着他在人群中穿梭，若有所思的样子。我似乎在他脸上看到隐藏得极好的孤独。

那样不同却又那样相似，人群中一眼见得到，却努力埋没自己于茫茫人海中。

校园里多是新罗马式和哥特复兴式建筑。石砌厚墙，阳光下发出灰绿色或淡棕色的光芒，高高的尖耸的塔顶向上延伸舒展。秋日的阳光剑一样掠过万物，打在皮肤上有种隐隐的灼热感，仿佛夏天的热力还未完全散去，冬天还很远。

建筑物楼下的草地依旧茵茵，有大片连绵起伏的草坡，种了参天的松柏，是秋日浓郁的绿荫，也是学生读书时的最好陪伴。小松鼠和鸟儿并不怕人，到处走动着，反倒是人类时常避着它们。

我上课的几栋教学楼相距并不远，但有时匆匆赶去第二堂课，便要从一侧城堡般的旧楼里下了长而陡的瓷砖台阶，穿过木质大门和厚重铁质围栏，从绿地中的小径一路小跑去校园另一侧的教学楼。

教室在底层，往往在地面以下。因为很多教学楼都是城堡式建筑，地下室的天花板往往很高，有壁炉却不生火。旁边的窗子是落地的，可以看到学生在楼外进进出出。由于外面的地面高过教室，一双双脚仿佛在高过头顶的地方行走，太空漫步一般。

冬天，教室则会冷清很多。整个天空都是黑蒙蒙的一团混沌。这时，地下室变得阴郁而冷寂，常要穿得很暖去上课，需要很久才能适应清冷的空气，呼出的气仿佛都能结成冰。人声在空旷的石质建筑中相互碰撞，和着冷空气，颇有一种清寂的感觉。

等到下雪，整个校园就变成白色的世界。穿梭其间的是红色校园巴士和忙碌的扫雪车。建筑都变成白皑皑的存在，像是童话里的雪国，高大的尖顶上闪耀着冰晶，从树梢扑棱棱掉落的积雪像一个个坠落的冬日梦境，惊醒了几只熟睡的雀，展开翅膀飞走了。

在这个校园里，我由夏末到隆冬每日往返于图书馆和宿舍之间，脚下先是地面，再是厚厚的落叶，继而变为薄薄的落雪和白皑皑的积雪和坚冰。

不变的是晴朗的天色，在皇后大学的日子里大都是明朗的，很少云，有高而蓝的晴空。

有一天我下课后，坐在草坪上的一棵大树下面。正值夏末秋初，辽阔的树荫遮蔽了我，热力也过滤掉了几成，聒噪的蝉鸣和灼热的阳光仿佛经过几个世纪，缓慢而又迟钝地出现在视听之中。我看到学生们缓缓走过草坪，从城堡中涌出来，笑着聊天或孤身一人，匆匆穿行在空旷的草坪上。

经过几百年，校园也许从来不曾衰老过，永远有新的、年轻的学生，迈着匆匆步伐来了又去。恍惚之间，一切都变了，一切却又像开始时那样。

校园没变，变的只是我们；又或者我们也没有变，之后的只是无数个重复着的我们罢了。

英文选修课和导师 BINHAM

我在 Queens（皇后大学）也要达到港大的最低学分要求。于是选了几门课，其中一门是英国文学赏析。

导师叫 Binham，还在读英国文学的博士。教我们的时候是他的第一次正式开课。因为教室在一个有点阴暗的城堡建筑地下室里，我总要走很久才能到达，途中还要经过教室外面的一个小咖啡店，也在地下室里，卖一些简单的咖啡、饮料和三明治。有一次上课前我遇到这个年轻的博士生老师，戴着厚厚的金边眼镜，看到我主动打了一声招呼，说他前几天看论文到很晚，刚刚喝了三大杯咖啡。

他偏爱一些艰深晦涩意识流类的书籍，例如《追忆似水流年》和卡夫卡的作品。第一堂课发下来的书单，我们要读八本厚厚的英文砖头书。因为加拿大一学期只有十二到十四个星期，除去考试期和假期，仅这门课每星期就要读完一本砖头书。

看得出，Binham 第一次上课是紧张的。他不时推推眼镜，声调却是平稳而又单调的，像夏日老教堂外的古钟，嗡嗡地敲打着时间的推移；又像枯朽的古木漂浮在无边无际的湖泊上，任其旋转漂流。

每读一本书都有对应的两堂正课。第一堂课，Binham 会帮我们梳理书籍的主要内容、写作背景和表达用意。

例如第一本书，卡夫卡的《审判》。

Binham 放了几张幻灯片，大致讲了卡夫卡的生平，又说了书的主要内容：这本书表达的是人类的共同困境，那种努力却无方向、无结果、无意义的虚无。

我之前略略读过中文版，但并没有很具体的印象了。Binham 喜欢用些夸张而缥缈的词汇,像是"mental projections of the external world""self-consciousness""mutual compromise""integrity of self identity"。

我忙着记笔记,很快累了,却无法停下来休息,因为 Bingham 还在滔滔不绝。他用的很多单词对我而言有些晦涩,没办法一下子反应记录下来。然而他立刻又讲到下一段去了。

阴暗的地下教室变成一个不断旋转的陀螺。我站在陀螺尖端靠近地面的那个点上,却几乎是静止的。我于是努力地跟着一起转,却只能移动一点点。

因为课程必读书籍厚而艰深,阅读费时,如卡夫卡的《审判》。但往往等我读完一半,一星期的时间就又过去了。

第二堂课一般是同学之间的交流。Binham 会选取一些重要的段落让我们发表自己的见解,例如小说中主人公"K"在第一次审问时为自己辩护,为何法官却说他的辩护是没有用的?难道被告不可以为自己辩护吗?

因为读得慢,我并没有跟上这一页,只好快速阅读审讯的情节。身边有时是寂静的,很多同学也搞不清楚,但总有几个会经常举手回答问题。

我总是很努力去听他们的发言,但很多时候他们声音不大,又是断断续续的,声音像是飘在空气中,被风一吹就散了,等传到我这里就变成零星几个词汇了。

Binham 似乎是听全了,还经常赞许地向发言人点点头,小眼镜下面一双眼睛炯炯有神,继而发表他的见解,有时是结合作者的背景,有时是把段落放在整部作品中去探讨。

我依旧是很勤奋地听,认真记录,可是很多时候这些句子往往逃离我的笔尖。不理解的内容很快就过去了,理解的却像一个个支离破碎的框架亟待修补。

以往坚持的勤能补拙在非母语的劣势面前苍白无比。之前的感觉是奋力踮起脚总会够到点什么,现在却是担心稍微一松力便会自高处跌落,不仅没有好分数,连之前的努力也荡然无存。

所幸,我从未想过要放弃。

努力了却达不到是一种失望,不曾努力则是一片完全静止的空白。我接受失望，但拒绝接受空白。

很多时候，这类意识流小说之所以显得艰深晦涩，无非因为夹杂了太多作者心中的独白和一些似是而非的景物描写，让人不明白故事的走向以及作者想要表达的意图。但读多几遍往往也就豁然开朗了。

我读得慢，又理解不深，但可以读多几遍，再拿出中文的对照版，看很多相关的书评。加拿大渐渐进入冬季，外面的树枝上常常在冬夜挂满了积雪，早上起来就是一个纯白的世界，像从未有人经过一般。

我就在无数个寂静的雪夜里读书。

快到学期末了。Binham 给我们布置了期末论文，要求从两个题目中选取一个，写一篇两千字的论文，发表自己对段落的见解。他的要求很具体：只可以分析叙述风格、用词、表达方式、描述方法、句子停顿和作者的叙述方向。从中选一到两个方面，把段落剖开来仔细分析，不可以面面俱到，亦不可写成文章的概述。

写英文论文很难，作为外国人想要写好更难。像台风眼里的平静，捉襟见肘、抓耳挠腮迎来要交论文那一刻则会表现为暂时的平静。然而这种平静是煎熬的，要斟酌字句，又要直抒胸臆，可有的文章并没有足够时间熟读，对主旨的理解又不深。

瞎子摸象一样乱撞一气之后，仍然要静下心来慢慢想，慢慢读，慢慢写。

于是，我重读《恋爱中的女人》和《斯万家那边》的一些章节，却每每写下几段后停下笔。实在是因为对意识流小说中的情感理解不深，总觉得没有十足的把握。

希望的本义是对有可能实现的事情的期许。当我们知道一件事情的可能性不断降低时，这种期许往往带来更深的失望，就是那种狂奔至绿洲却发现是海市蜃楼的感觉。

我终于写完草稿，主旨是两本书都表现出个体在需要双方共同妥协的关系中做出的努力。《恋爱中的女人》中 Birkin 和 Ursula 更为成熟，外界帮他们于关系中获得清醒认识，从而于现实中解决婚姻的问题；《斯万家那边》中的叙述者则在幻想中与 Gilberte 沟通，并未完全处理好自我意识与同伴对自己认知之间的鸿沟,并且妥协于外部对他们的影响。

论文对语言的要求很高。我不得不反复修改,确保 Binham 上课时经常使用的那些词语也在一定程度上反映在我的论文中,至少风格相似;又要尽量规避语法和用词方面的错误;同时也要有数个标明的引用源。为此,我不得不常常踩着积雪去图书馆翻阅各种书评和《追忆似水流年》外的其他几部著作。晚间,我夹着厚厚的书等在校巴站台,等黄色的校巴慢慢穿过白色的雪雾出现。

半年后回到香港,我看到出来的成绩,是个平平静静的 B+,又看到 Binham 给我的评语:你确实是努力的,知道你看这些非母语小说是有难度的。我的本地学生都不喜欢看。我当年也不喜欢。但我很开心,你的论文写得不错。可以在描述叙述手法方面更具体一点,但我是满意的。

那一刻,我仿佛又看到那个白雪覆盖的校园,教学楼尖顶上晶莹的冰柱,黄色的校园巴士正慢慢从雪雾中爬上山坡来。

维多利亚时期文学鉴赏

我在加拿大选修了一门维多利亚时期的英国文学课,整个学期书单上有十几本维多利亚时期的英文小说。

印象最深的是《Romance of a Shop》、《Jack the Ripper》和《Strange Case of Dr. Jekyll and Mr. Hyde》。这几本或浪漫或惊悚,更有侦探小说的味道,读起来并没有意识流小说那么枯燥。我也能不太费力地跟上阅读节奏。

由于这些小说通俗易懂、情节有趣,阅读的艰辛主要体现在无法完全理解文字的内容。字面意思虽读得出,但要了悟才算真正读过。这门课程的小说大多是有主线、有发展的故事,并没有深奥的意识流描述,也无艰深晦涩的心理暗示。

当然,还有一些如托马斯·哈代的《德伯家的苔丝》和狄更斯的《圣诞颂歌》这类题材相对严肃点的,讲的是维多利亚时期随着经济发展导致的阶级分化,中产阶级贪婪狡诈,下层群众生活潦倒。

因为没有课本,所有的讨论都是围绕小说本身展开。虽然作者不同、背景不一,这些作品却不约而同反映出那个蓬勃发展的大时代。书中人物的一颦一笑像是狂飙节奏中相连的音符,逐渐贯通整个时代的脉搏。

导师 Carol 也是个在读博士生,还有一个助教,都是女生。她讲课的时候喜欢从边边角角探寻人物的真实意图,又喜欢从蛛丝马迹里面捉摸文章的隐含深意。

我记得在读柯南道尔小说的几堂课上,Carol 满眼都是激动的神色,给学生分析福尔摩斯是吸毒的,证据就是他在书中的生活习惯:晚睡早起,没有规律,高强度工作,需要精神高度集中;他的性格特点;需要很强的刺激,例如案件和毒品，特别喜欢新的挑战；他的职业需要：从蛛丝马迹中断案需要灵感和观察力，以及一点点运气。文中对他的描述：吸烟，有时也贴尼古丁贴，偶尔一丝片段仿佛是吸鸦片的烟雾缭绕。

继而就是对整个维多利亚时期英国面貌的分析。Carol 坚持认为好的文学作品其实是对一个时代的映射。维多利亚时期，鸦片极其流行，人们认为它包治百病，可解除一切烦恼忧愁，作家用以寻找灵感，病人用以逃避病困，成为社会上极为流行的风尚。

当然，另一个着重点就是女性主义。Carol 和她的助教极为重视维多利亚时期女性主义的发展。该时期的许多小说反映的都是社会逐步发展，女性地位渐渐得以上升，可以通过自身劳动和努力获得和男人等同的话语权。然而这种权利却是极不完整的，与男性高高在上根深蒂固的权利相比，女性很大程度上仍然受到无数条条框框的约束。《Romance of a Shop》讲的是中产阶级姐妹开照相店所面临的重重阻力：顾客以为她们会当店内模特，会价格低廉地帮人照相；家人则认为她们这样做不合礼仪规矩，有失颜面。更惨的则是哈代的笔下，年轻貌美的苔丝被骗之后整个一生都毁在男权社会中。

期末论文也是从几本小说里挑选一本，论述维多利亚时代女性所面临的困境。没有例外，我选了《Romance of a Shop》，大写特写姐妹们不可以自由出门活动、不可以经济自由、不可以从事自己喜欢的职业，就连和陌生男子一起出门都会带来极大的恐惧感。相反，同时代的男性则可以几天之内四处游山玩水，甚至去非洲和印度探险。私奔对于男人而言是骄傲地带着自己的女人出走，对女人而言却可能意味着一生的幸福被尽毁。

看得出，Carol 蛮喜欢我的论文，给了 A-。在论文写作中有这样的成绩我已经心满意足。

和 Binham 的课程相比，这门课程更有趣。阅读不再那么枯燥，往往可以轻松地就跟上节奏，又不必太担心写论文，因为作品都是读过且基本完全理解的。

我也喜欢 Carol 的课，听她分析女性在争取平等权利的路途中所做的努力。身为女性,我们很幸运生活在今时今日的世界。然而,女性仍然被诸多条条框框所限制。这些限制有时来自社会,有时来自女性自身。

目前,男女之间并没有绝对的平等,然而看到一个大学老师所做的努力,我愿意相信一切都在发展,都在向着更好的方向前进。

"每一天,你都会为自己的女性身份更加骄傲一点。"这是我在 Carol 课堂上记下来的。一门好的课程本身可能是阅读和学习的过程,但更重要的是,它会让你更加自信,更加坚定,更加充满希望。

记一次极难忘的英国文学考试

我在港大的英国文学课很少有计时的考试,大概教授们认为文学底蕴很难反映在几小时的仓促应答中,又或者,他们只想在漫长的时光中磨炼我们的论文水平。总之,我在香港的大部分英国文学课都是以一篇挖空心思、劳心劳力耗费数个月写好的论文告终的。

而在加拿大皇后大学,我经历了人生中的第一次计时的英国文学考试。更有意思的是,长达两个小时的考试只有三道题目。

第一、二题每道大约给留半个小时,第三道题给了一个小时。本来我正兴高采烈觉得题量不大,却在看到考卷的那一刻傻了眼。

第一道题目是这样的:

Below are five terms. Choose three. Then write an answer which:

1. defines the term

2. provides an example to show what the term means

3. elaborates on the use of the term with reference to two or more works on this course.

1. acousmatic

2. timbre

3. melismatic

4. phonotext

看到题目的一瞬间,我是拒绝接受的。对一般人来说,下面的四个单词能认识两个已经不错了,还要解释意思、举例说明,更有甚者,教授还让学生联系本学期学过的课程内容。

原以为这个教授上课从不点名是"优秀的欧美作风",没想到心机全暴露在期末考试上了。

这时,一定不能方寸大乱。本来时间就有限,又要短时间内做三个单词解释,更要抓紧时间,充分调动大脑内存。于是,我瞄了一眼 timbre,潦草写道:

"Timbre is the quality of a sound given by its overtones, for instance resonance. For example, the timbre of a bird's voice is so pretty it shines like the first dawn in the morning."

长期的应试经验告诉我,在不确定的时候也要举一个自己觉得差不多的例子,多数时候大概是一个通顺的语句,就能拿到分数了。尤其在时间紧张的情况下,犹豫不决很可能导致时间消磨了却没有答题。

至于例子,我脑子里只能想到:"Music to me is Like Days" by Les Murray。又因为背得不牢,心内暗暗叫苦,只得硬着头皮写道:

From "Music to me is Like Days" by Les Murray

About timbre:

Music to me is like days

I scarcely know whose performance of a limpid autumn noon is superior

I gather timbre outranks rhumba.

写到此处时间已经过去二十分钟。

我又草草解释了 melismatic 是"装饰音"的意思,举了 David Hart "the Spry Metropolis"的例子,又解释了 acousmatic。因为只记得有"幻听""电子音乐"的意思,造句很简单,例子却想不起来了。

看时间不够了,只得移动到第二道题目。

Below is a poem by T. S. Eliot, write an answer which:

a. explains how the quotation relates to work from which it is taken

b. explains how the quotation relates to the historic period in which it was written

c. explains how the quotation relates to the other works in this course

看到题目,一下子就明白还是考验上课有没有听讲,以及记忆力。要记得节选诗句原诗的完整内容,以及发生的历史时期,还要能够列举课堂上读过的类似内容。

T. S.Eliot, "Burnt Norton"

Words move, music moves
Only in time; but that which is only living
Can only die. Words, after speech, reach
Into the silence. Only by the form, the pattern,
Can words or music reach
The stillness, as a Chinese jar still
Moves perpetually in its stillness.
Not the stillness of the violin, while the note lasts,
Not that only, but the co-existence,
Or say that the end precedes the beginning,
And the end and the beginning were always there
Before the beginning and after the end.
And all is always now Words strain,
Crack and sometimes break, under the burden,
Under the tension, slip, slide, perish,
Decay with imprecision, will not stay in place,
Will not stay still.

我想到课堂上读过这首诗,艾略特的《烧毁的诺顿》。另外相关的三首一并收录在《四个四重奏》里,于是大致写了《烧毁的诺顿》是系列里面的第一首,灵感是伦敦的玫瑰园;又写节选段落是借助语言和音乐表现时间和永恒之间的关系,言语和音乐只有活着才会死亡,只有讲过话才会到达静止的状态。静止和运动相互依存,开始和结束循环往复。

又匆匆写了一点艾略特的生平,有点词不达意的感觉。写他是二十世纪的文学大师，诺贝尔文学奖获得者，经历了两次世界大战，时代背景是动荡和平静交替，科技高速发展。他的很多诗歌不是直白的描述，而是把自己藏在面具后面，不断变换语气，是意象派的表达方式。

这时已经过去一个多小时了，我汗如雨下地坐在考场里，觉得整个人都不好了。

于是到第三题。

第三题的题目倒是异常简单，需要写一篇文章，简要介绍维多利亚时期文学作品对女性地位的表现，以及引用三本同时期的著作。

这与自己的期末论文出奇相似，于是简单写了《Romance of a Shop》里面开照相店三姐妹的经历：维多利亚时期因为经济文化的发展，姐妹们得以自己开了一家照相店。然而，女人仍然无法与男人享同等待遇，出门要有固定的范围，人们固执地认为女人的照相店应该便宜，以及和男人一起去户外拍照被认为有伤风化等等，说明维多利亚时期女人的自由仍然是不完善的，建立在社会地位不平等的基础之上。

另外又写了《德博家的苔丝》，一个少女一生悲惨的缘由只因私奔。对女人造成重大伤害的人生决定可能在男人的生命中只是一个仓促而大胆的决定。借以说明在维多利亚时期两性关系和婚姻关系的不平等。

此外，又大致举了狄更斯《圣诞颂歌》里的例子，借以笼统描述同一时期贫苦人家的女人大多是任劳任怨的家庭妇女和好妈妈，即使生活艰难依然默默抚养儿女。当时社会主流的共识还是女人要安心在家相夫教子，要吃苦耐劳，借以说明传统观念根深蒂固，在维多利亚时期并没有完全被消除。

其实可以写得更好，但时间有限，一切都很匆忙，且又是全英文。很快两小时到了，交卷后也松了一口气。

一般大学里的文科很少会有考试。如果真有，像我在加拿大遇到的这一次，也完全是可能的。万不可慌乱，毕竟时间有限，要写的东西很多，不如沉静下来，大致列一个提纲，每一道题都快速搜索一下记忆储存库，再根据提纲快速把自己的观点写下来。

有时候记忆会发生疏漏，这也是没有办法的事情。最重要的是，不能把、不能慢。有了这些,起码在交卷后不会后悔。

这门课我最后的成绩也只是一般,相对其他经济学和理科的成绩,这并不是我最好的考试成绩。然而,我又很开心有这样一种终极答题经验,像是人生中收集到的一个大Boss,在通关打怪中又更进了一步。

回到香港,我不无激动地将此经历说给朋友听,他们都说这是典型的"书呆子"症状,然后大家笑成一团。回港后我的英国文学课就很少有考试了,重新回到整日写论文的状态。

课题分析

香港与加拿大

　　香港与加拿大的英文课有很多相似之处。然而我在加拿大读文学明显比香港吃力,主要还是因为加拿大的英文阅读量明显大于香港。

　　加拿大和香港都是每年三个学期的学制。夏季学期可以让一些学生修读更多的学分或是打工、实习,因而每个学期都只有十二至十四周的时间。要在短时间内完成一门课程,自然密度很大,每星期都有大量的阅读和课后任务。在香港,专业课每周要读三十几页的相关资料,加拿大则要每门课读完半本至一本书。

　　因为两地都实行学分制,每个学分对应的是一定时间的课时和课后任务量。课程结构大多是主课和辅助课的结合。辅助课可能每周两堂,导师会带领同学们回顾课堂上的疑难问题,有时也布置阅读作业。有时课堂上会随机点名或是签到,结业成绩有一部分也是根据签到率而定的。

　　加拿大和香港在文学授课方面都没有固定的课本,导师往往根据课程需要选择一些书籍制定书单,之后的课程则围绕这些书籍展开。这些书籍可能都有共同的特点,如意识流、维多利亚小说、莎士比亚作品等。书籍是共同为课程主题所编织的一道网,帮助学生更好地理解相关主题的作品。课堂上的幻灯片往往就是老师要讲的内容,当然也会发给学生讲义。然而,课程更多的则是启迪作用,引领学生去广泛阅读不同的名著,并自己领会其中的精妙之处。导师们常常会围绕不同段落和不同著作间的异同点进行比较。

同样，加拿大和香港的文学课需要学生独立写一篇论文，要表达自己的真实观点，可以是对一个段落叙述方式的讨论，也可以是对两本著作的分析比较。导师往往会在结课前几个星期把论文题目发给学生，然后设定一个提交时间，大约就是学期结束的时候。最后的成绩很大程度上都是由论文决定的。

　　然而，不同点也有很多。

　　相较加拿大动辄每周几本书的阅读量，在香港一个学期可能只需要读几本书。然而，香港的课后阅读往往会覆盖许多相关的对于名著的评论，也会有更多的小班模式的分组讨论。加拿大则更着重于广泛阅读，希望学生通过扩大阅读量来增加自己对不同类型作品的鉴赏力。

　　论文也有不同。香港侧重引用。学生要有一定数目的相关论文引用量，往往需要在图书馆查阅很多篇类似的著作，然后对这些著作加以分析，在此基础上提出自己的见解。加拿大则宽松得多，最重要的还是个人的观点和看法。如果学生能够对著作提出独到的见解，并不需要旁征博引。

　　然而，因文学课都没有课本，也就少了许多固化的东西，学生更自由，可以在书海中自在徜徉。但加拿大毕竟是英文为母语的国家，又提倡大量阅读，阅读量是香港的几倍之多。很多时候对论文的用词、语法要求都要高很多。正因如此，我在加拿大付出了更多的努力，常常熬夜读书，尝试让自己的论文更加深入具体。

多伦多

一个交换生的自我修养

多伦多:彩色涂鸦和百年城堡

学期中有一段假期,我去多伦多玩。

依旧是坐了来时的 Megabus,车程大约三小时,重复着从机场来学校的路。因为这次是重走旧路,心中多了确信,少了孤独感。

之前一个人拖着几个大行李坐巴士从机场去小镇,看着路边起伏的荒原,秋天的作物已经收获,四野是蔓延的荒芜的黄绿色,漫无边际,绵延到平原深处。那时,心里孤单又寥落。未来徐徐展开,然而视线却无法固定在一个点上,是一种对未知的猜测和失落感,无法具象化却又时刻存在着。

一如眼前的荒原。

同样的路程再走一次,因为知道其中的折与远,那折与远反而显得亲切而具体。只是等待汽车穿越漫长的空旷无人烟的荒野,知道下一分钟会转弯,会有鲜艳的大卡车从身边驶过,知道一路上会经过无数已经收割过作物的旷野,也许天色马上就要渐渐暗下来。

更多的是期待。期待多伦多的美景和新的旅途。过往的车辆也因此添了几分颜色。我真的看到来时那种颜色鲜艳的红色大拖车,车身喷了夸张的图案,拖着后面的大车缓缓向前。还有极长的卡车,加了几截轮子,偏偏有一个火车头般的车头,装饰成淡蓝色。有许多小车子,车顶载了沉沉的行李,茫茫天地间小车像只身负重壳的蜗牛。

到达多伦多已是夜晚。我和朋友一起去他的母校多伦多大学。他是我高中时的好友,几乎无话不谈,平时并不会特别联系,见面时却并无生疏感。

多伦多大学很美。因为是夜里,周围并不明亮,黛青色的夜空只有几座尖尖的塔顶隐隐约约看得出,像是在空中剪裁出来的黯淡轮廓。整个大楼发

出一丝寒冷的青灰色光,影影绰绰。校园里有高高的回廊和雕花石板,漂亮的草坪点缀其中。灯光下还能看到各色树木,高低起伏,错落有致。

　　第二天,我们漫无目的地走在多伦多的大街上。深秋的阳光已不再锋利,不会在皮肤上留下灼热的痕迹,却依然刺目。天空是任性的蓝,又无风,整个人沐浴在干燥明朗的晴空之下。

　　我喜欢加拿大的一条条小小的街道。闲逛到一处,街边都是小而低矮的咖啡店。一座两层建筑,外墙是砖红色的。面街的墙壁已被漆上整幅巨大的涂鸦作品,是我见到的最完整、最美的一幅。画中,女生周边是各色的花朵,有大有小,有粉色的、金色的、蓝色的花束,也有一朵朵巨大的绽放着的玫瑰般的轮廓。花儿在她们发髻间缠绕盘旋,整个人像是盛开在墙面上一般。

下面停了一辆满是涂鸦的轿车,被漆成绚丽的颜色,车体还是粉色的,也是花朵图案的创意。这辆车里装满了泥土,青草索性从车里郁郁葱葱地生长出来,像极了一个布满花朵的五彩草坪。那绿色又掩映着身后的红砖墙和墙上的花朵女孩。

我拍了照,久久不肯离去。多伦多就此给我的印象也变成好玩、随性,没有太多的生活压力,多的是享受生活的心境。

也去郊外看了卡萨罗玛城堡,二十世纪初建成,是加拿大最大的私宅。晴朗无风的明媚秋日,城堡外面的绿色大草坪上开满了星星点点的繁花。穿白纱裙的新娘正在和闺蜜一起拍照,喜笑颜开,几个姑娘抱在一起,随着摄影师的镜头左右摇摆,眼睛里全是幸福的颜色。

城堡很漂亮,有水晶吊灯和琉璃做的穹顶。卧室里是漂亮的地毯,木质的椅子铺着绸缎绒,高大窗户盖着厚厚的灯芯绒窗帘,雕花大衣柜和高高的木质的床。餐厅里是精致的陶瓷餐具,摆放在丝绸的餐桌布上,餐具有金有银,反射出一丝太阳的影子,是茫茫灼眼的光。

钢琴到处都是,会客厅里,书房内。有的是古老的淡黄色木质,有的则是暗黑色,像是从远古走来的精灵,厚重的琴体不知是否仍会飘出音符。

城堡辗转易手,像个沉重的财富魔盒。常常是一个买家买下后遇到经济状况,再卖出。所幸,每个买家都悉心呵护之,它才保有尚好的容貌,直到今天仍是美丽的,珍珠一样留存在世间。

比起香港,多伦多包容得多。有城堡,也有街头涂鸦,有古老,也有新意。经典与现代互相碰撞,没有什么是被排斥的,亦无太老或是太新。香港显然不太会包容过分犀利的新颖和过分叛逆的潮流,仿佛有一个无形的框框,按照既定的主流道路走得好了,也就成功了。

尼亚加拉瀑布城

一个交换生的自我修养

尼 亚 加 拉 瀑 布

早就想去看看尼亚加拉瀑布。来到多伦多,便拉着朋友一早开车过去。

瀑布所在的小镇离多伦多只有一小时左右的车程。出发那天飘着蒙蒙细雨,空气中湿漉漉的,呼吸时感觉四周仿佛都氤氲着水汽,咕噜咕噜冒着水泡泡般,有点像潮湿的香港。

尼亚加拉大瀑布横跨了美国和加拿大边界,百分之九十的水量在加拿大一侧的马蹄形瀑布。这一侧的瀑布呈半环形,横跨六百七十米,落差有五十七米。据说,尼亚加拉河上游水面宽而和缓,只有到了下游的时候河道才渐渐变窄,水流加速,在一个九十度的急转弯处形成断崖。

到达时已是中午,远远就能听到瀑布水流产生的轰鸣声。眺望瀑布,一道白色的水柱从高而宽阔的半环形河道中倾泻而下。伴着巨大的水声和随之激起的高高水花,瀑布像是从天而降的巨大的水帘,大束大束的水流就这样轰鸣着流入下面的湖泊。

下面的湖泊在雨天已变成白色,翻滚着无数流水带来的泡泡,都氤氲在白色和透明的水汽里。不远处的湖边,阳光照耀的地方,刚好是流水冲刷的边缘和白色渐渐开始消失的地方,有一束彩带般的彩虹。

因为细雨和迎面扑来的水汽,站在岸边看瀑布和彩虹几乎是不真切的,只觉所有一切都隔了一层雾气,显得辽远而又模糊。那声音和水汽却是真切的,震荡着脚下的大地,发出震耳欲聋的巨响。

人在雾中,瀑布也在雾里。天地都弥漫着水汽,是模模糊糊却又极为真切的存在。

对岸有彩虹桥，走上去尽头就是美国。也有高高的赌场大楼，在雨雾中隐了轮廓，犀利的棱角却依然分明。

瀑布边的小镇有摩天轮和各种特色餐厅以及售卖纪念品的小店，大都是以卡通片或电影人物为主题。我们看到"Frankenstein"为主题的餐厅，外面的屋顶和墙壁全都是卡通版的科学怪人，里面的食物也都以此为灵感：科学怪人汉堡、科学怪人比萨、科学怪人热狗，所有包装都有一个浅绿色的 Frankenstein 简笔画，像出自较老版本的动画片。

还有大大小小的纪念品店，有的以热带雨林为主题，墙面是大而绿的叶子，宽广平静的湖泊做墙壁，还有许多热带花朵，以红色、橘色为主，明晃晃地将一整条街装点得摇曳生姿起来。

即使在雨天，瀑布旁的小镇也丝毫不显得阴郁而乏味。所有大大小小的游戏机、摩天轮、主题餐厅和电影院在雨丝中闪烁着五颜六色的灯光，像是迷离雨季中的梦境，又像是成年人怀旧的乐园。

我们走进几家游戏店玩老虎机，还有大而吵闹的转盘，会随着转动出现不同颜色。抓娃娃的机器在一边孤单地亮着灯。电影院叫作 Movie Land，有着浮夸的醒目招牌，极大的字体和张扬的颜色，像二十世纪的纽约百老汇。

我们就这样漫无目的地走在街头，遇到游戏机和特色小店就走进去看看。我希望这条漂亮的五彩主干道永远不要有尽头，希望生活能一直这样斑斓美好，可以一直任性地吃汉堡薯条喝可乐，在路边玩游戏机，累了去看场电影，买印着瀑布标志的雨林背景小图章。

我希望时光走得再慢一点。今天我在瀑布旁的小镇里是个玩游戏的孩子。

渥太华

一个交换生的自我修养

渥太华

渥太华有国会山——总要有一点首都的架子嘛!

到达的时候已经是深秋。天色常在下午就变得灰暗。阳光像是精疲力竭,若有若无地照下来,天与地都蒙上了一层若有若无的暗影。

国会山有高耸的建筑群,灰色的墙身和绿色的瓦顶。周围是一望无际的平静人行路和行车道以及长而宽广的天际线。走在宽阔的行人路上,身边是慢跑、散步和遛狗的人。车流在旁边地势稍矮的公路上经过,像是井然有序的钢铁长龙。

国会建筑群的坚实外墙和时而耸起时而低垂的屋檐,构成起伏的 W 状,像个波澜壮阔的独立个体,连接起来却是一片砖瓦组成的海洋。

丽都运河有好看的轮廓,静而窄的那一段有交错的河道,架设了斑驳的桥梁。秋日,窸窸窣窣的风声里偶尔几片枫叶落入河水,打着旋儿漂走了。暗红色的叶子像是沾在深蓝色的水面上,看起来如同一幅不断漂流的风景画,蓝色的底子上面印红色的华文。站在一座桥上看河流经过的远方,城市的轮廓慢慢展现在眼前。

大图书馆的屋顶是拱形,一个个回环曲折地叠加在一起,像是连绵起伏的群山,又像是一个个巨大的蜂巢。回环鼎立的柱子,支撑起庞大浩瀚的藏书群,金黄灿烂的灯光下四壁熠熠生辉。

到了这里才知道什么是"书中自有黄金屋"。

总督府的草坪即使在初秋也有着好看的颜色。草地上种着粗而高的枫树,已经有了一些稀疏的落叶。叶子落下来的时候常是橘红色、浅红色和暗红色的,是草坪的一层点缀,也是秋日的一抹色彩,赋予秋天一个独特的定义。

此刻定义总督府的就是这广阔空间里的草地、树林和漂亮的小屋子,确实是秋天的样子。

渥太华大学外面年轻人很多。

一条长长的小街,沿街摆了很多小小摊位,像是内地的夜市,即便下午也是开放的。有的摊位是烧烤档,却不卖传统意义上的肉串,而是外国人喜欢吃的大块烤肉,串在长长的铁钎上;也有冰激凌摊位,不过是几个女孩和一台巨大的冰激凌机器,并没有很多味道可以选择,喜欢的话可以混合草莓和原味,于是就有了一个粉白色的冰激凌筒,在脆脆的浅黄色甜筒上绕几圈奶油,拔出一个小巧玲珑的尖顶。薯片是那种炸成一长串的,螺旋形很长一只,像淡黄色的绕着铁钎旋转的陀螺。

几个年轻人穿着校服,比赛谁能把腰弯过最矮的那一条线。大家都笑着为一个女生喝彩。那女生弯腰的影子在阳光下仿佛镀了一层金色的轮廓。

这就是青春的样子。

在这古老而又年轻的首都,每天都有新鲜面孔走过那些古老的建筑。新与旧、沉默与喧扰、包容和开放都成了城市的一部分。

渥太华以博大的胸怀接纳了熙熙攘攘的游客和无数迅疾或缓慢的变迁,仿佛一个年迈的老人微笑着看身边的孩子。这个城市永远是宽广而深邃的,像丽都运河,无边无际流淌着,深蓝色的河水直奔远方。

PART 5

纽约圣诞,西海岸跨年

纽约

纽约圣诞,西海岸跨年。

帝国大厦上的金刚

在纽约帝国大厦,我看着天际线下壮观的不断生长的城市,脑海里却总想到金刚,那只电影里巨大的猩猩。

在这部 2005 年的电影里,巨兽金刚被带到纽约,继而爬到帝国大厦的顶端,和女主人公一起看着这个人类文明的钢筋水泥森林,一如他们一起坐在丛林的高处看森林里的落日。

影片中的一句话,我后来在 Joseph Conrad 的 *Heart of Darkness Madness* 里面也有读过。Conrad 用来表达在非洲大陆看到原住民那一刹那对于文化差异的惊异,以及对文明源头的追溯:

We could not understand because we were too far and could not remember because we were traveling in the night of first ages, of those ages that are gone, leaving hardly a sign—and no memories.

此时此刻,站在这座 381 米高的建筑顶端的我,举目四望看到的只有傍晚淡蓝色的天幕,镶嵌了晚霞的红,被一个个火柴盒似的摩天大楼分割成均匀的形状,车辆和人群早已渺小得不可分辨。

似乎什么都是微不足道的。这座人类文明高度发达后建造出的庞大城市向四面八方平铺延伸,在空间中幻生出无数个触角,一个个四通八达的道路联通出现代文明的网络,每一个从高空中看起来像是小点的也许就是一间房屋、一座工厂、一个学校,或是商场。

1930 年,这座北美第四高楼只用了 410 天便诞生了。在它之前,纽约港的自由女神像已矗立了近50年。而在大洋彼岸的中国，毛泽东刚刚撰写了《星星之火，可以燎原》，红军还在艰难长征的路上，中国的东北已经沦陷。中华文明似乎即将失落在外敌入侵和自相残杀的枪炮之中。文明，显得那么微不足道，又显得那么至关重要。

几天前在大都会博物馆，来自加勒比海的木雕、来自希腊的神像、来自埃及的陵墓建筑，全部堆积在大大的博物馆展厅里。我默默经过它们，仿佛听到数千年前来自炎热加勒比海的呐喊，那些红金勾勒的面具，戴着美丽羽毛的头冠，以及高高耸立的巨大沉默的木质雕像，像是失声的木偶，再也无法讲述当年的故事，只剩沉默；又或者是那些来自古希腊的大理石雕像，拥有俊美的脸庞，却被时光封印，无法言语。埃及更是一个沉默的谜团，我们至今仍诧异是什么样的力量和智慧可以在远古的沙漠建立这种种未解的奇迹。

Joseph Conrad 的那句话，不乏发达文明带来的优越感，在最原始的生态面前如同失落了记忆。我们无法理解，因为我们走得太远，去了最初的时光，看到了文明最初的记忆。然而，这些都已经过去，连痕迹都没有留下。

全都过去了，像一阵风吹过平静的海面，像可爱的浪花拍打着平静的沙滩，我们甚至忘记是怎样走到了今天，造出了这样的城市。我们习惯失去记忆，然后在自己制造的故事里沉沦。这座建筑是这个时代留下的印迹，而博物馆里那些沉默的庞然大物则属于上一个、上上一个时代，抑或更早的从前，远古的从前。

我们怀着敬畏之心从它们面前走过，一如我站在帝国大厦的顶端，走过时代广场夜晚的霓虹和喧嚣。我们都不说话，亦都终将成为那个没有痕迹的记忆。

然而，此刻我的脑海里什么都没有，只有电影里那只巨大的猩猩，笨拙地坐在帝国大厦顶端的样子。

我不知道他看到了什么，是不是也是我眼中城市的样子，还是他记忆中的那片山林。

那也是我们所有人远古记忆开始的地方。

洛杉矶

纽约圣诞,西海岸跨年

冬 日 阳 光

洛杉矶似乎没有冬天。

天空下的一切都生长在阳光里,整个海滨大街都被阳光点亮了。这阳光是暖的,落在皮肤上微微有点灼烧的感觉,却带着无法抵抗、不容置疑的热力。阳光落在大街上,于是正午的街道被映成极灿烂、极明亮的金黄色,衬得每个人的脸庞都镶了一层淡淡的金边。

我印象里的阳光大致还是和煦的,夏日和冬日里的有一种参差的美感。我也一直认为这是四季美感中的一种:夏日有其绚烂,冬日有其含蓄。然而,洛杉矶的冬日阳光却火辣得让我感到意外。时间久了让人怀疑是否失去了张弛有力的四季节奏,火焰般炙烤着大地。

路边的巨大椰子树从沙子般的泥土里冲天而起,很高而又很直的树干上什么都没有,纯黑色绵延几米之后,竟突然开出了一个深绿色的冠,像是一个细脚伶仃的孩子突然戴了一顶大帽子,却站得很稳,翠绿的树冠里常有几个深色的椰子。

海是时而深蓝时而浅蓝的,却被阳光照得发亮。沿着海岸线开车,都是宽阔的路,一边是海,一边是山。山上都是颜色各异、形状不一的小房子,依照山势搭建,并没有固定的格式。人们按照自己喜欢的样子在金色的山坡上搭建梦中的城堡,或是两层粉色的瓦顶,或是斑驳的大理石,梦境一般,全都面向美丽的海岸,早起时眺望海岸仿佛是在眺望时光开始的地方。

我们去吃饭,海边小山上有一片翠绿的林,林边建一个眺望台。吃饭时可以望着树和树中的花,望着海和海面的阳光。我们不由得笑了,曾以为海子的"面朝大海,春暖花开"只是一个漂亮的梦,没想到自己有天真的走到这个梦境中来了。

这座城市就像阳光里的造梦工厂，本身就是谜一样的存在。好莱坞每年向世界输送数以千计的优质电影，漂亮的风景、漂亮的人，总能虏获全世界的心。

这里的环境也像阳光一样，无尽的阳光、沙滩、鲜花、美女。你会认为电影需要的是深刻植入现实之中的根系。然而此处似乎是剥离了基础根系的飘忽体，像飞天的气球，在阳光飘飘荡荡，永远在做梦。

我们去环球影城，一个梦想开始的地方。人很多，大家排队只为了看看霍格沃茨的城堡，看那三个孩子度过少年和青年时代的地方。世界真实而又荒凉，连成年人也为他们的勇气而感动。罗琳的童话世界像是现实生活的另一个平行时空，爱和恨都纯粹，可以倾其所有只为背水一战，可以一生只为实现一个宏大的愿望。愿望太多太繁杂，现实太累，很多人都想躲在这美丽的平行时空里，不要走出去。

又抑或是那些拥挤的集装箱般的一层建筑。路过的时候才得知许多电影都是在里面拍的。特效可以在这些盒子里面模拟出来，外面一栋栋或古旧或现代的建筑稍加包装便可获得神奇的变身，几乎可以胜任任何时代的场景。

真的很奇特，一个大箱子当摄影棚，影片在这里包装了梦想，压缩了情感，借助一方狭小的天地去模拟外面广袤的世界。天地之大，事物之纷繁，情感之琐碎，人物之众多——好莱坞却只用了这么小的空间。几个演员，一方天地，描绘大千世界。

然而他们做到了。

现代社会有的是奇迹，视觉上的奇迹、听觉上的奇迹、科技上的奇迹。好莱坞可以说是三者的集大成者。凭借种种高超的技术手段和无数漂亮演员，人间的生死契阔、起伏波澜尽在这一个小小的盒子里。

我一直以为一个人的一生也放置在一个透明的盒子之中。只因每个人生的轨迹不同，所拥有的天地亦有宽有窄。没想到，现代社会的造梦工厂早已给出了准确而又具体的答案：你所看见的，无数人物的一生都在这里交汇。一个盒子已经是一方天地，种种人生的戏剧都在这里上演，盛得下欢喜离别。

也许这就是阳光下的洛杉矶，有的是奇迹，有的是阳光。以梦想和爱的名义，万物生长。

荒 野 行

我们由拉斯维加斯开车去旧金山。正值寒冬,红色凯迪拉克轿车穿行在美国西部一望无际的荒野中,于蜿蜒的道路中盘旋如同黄绿色海洋中一颗跳跃的星。

窗外是厚重的云层,几乎隔绝了蓝天,大片大片的云朵铺嵌在天空与荒原之间。白色和黄绿色一起延伸、舒展、跳跃,伴随着曲折的车道一路前行。大地是枯萎的黄色,像冬日里沉睡的、裸露的胸膛,隔离了情感和时空,只有偶尔出现的淡绿色灌木丛和沉默的电线杆有序地敲击着时间和空间的过渡。远方起伏的山峦只有一个个深色的影子,隐隐约约镶嵌在云朵的边角上,有时连成一片,黑色素描般勾勒出绵延的轮廓。

我生于北方。少年时代的冬日有的是"山风起寒木"般的凛冽,空旷的山谷里风声掠过光秃秃的树枝,大雪压在沉甸甸的枝丫上,偶尔坠落发出"噗噗"的声响;也有"翔鸟鸣北林"的意境,宽大的羽翼划过北方的严寒,一声长鸣打破冬日的寂寥。然而在这里,旷野只是旷野,是绵延万里的黄色沙丘,是"长风吹白茅"般的孤独。

我坐在副驾,捧着一袋一百克的 Tyrells 薯片,吃得不亦乐乎,偶尔抓一把投喂给驾驶座上的轩。轩被我塞了满嘴的薯片,慢慢嚼着,听我唠叨四周的荒野与无聊的色彩。他是一个柔软的小胖子,脸上永远带着温和的微笑。但开车时他是专注的,眼睛望着前方,山峦倒影在他的眼眸上。

中午时分,我们停在休息区。北美公路上常有大一点的休息区,除了肯德基、星巴克、麦当劳之外,还会有促销商场供游客购物。我们找了一间本地汉堡店,停好车,去吃饭。

轩从小在美国读书，很喜欢 in-n-out 这样的本土汉堡店，特接地气儿，高热量的美食对于辛苦奔波的旅人而言无疑是必要的。汉堡店像磁石一样吸引着在公路上穿行的人们。店里有七八个服务生，各司其职。土豆被塞进大大的机器，快速分解成一条条的土豆条，立刻有人将其放入油锅，再由人工将它们打包放入盘内，最后，窗口的服务生高喊用餐者的编号。这里打工的大都是大学生。他们时而互相大声讲几句笑话，满满的都是快乐。

我和轩坐在桌前，看着人来人往。停车的人、取餐的人、带着孩子吃饭的父母……吃完东西各自回到车里，奔赴遥远的目的地。小餐厅像一个小小的收纳站，不断吞吐着来自四面八方的人流，再看着他们带着满足各奔东西。

随后我们开着车经过一座山脉。淡黑色的山峰几乎分割了两侧的天空，只留下一丝淡蓝和白色，给人无限遐想的空间。慢慢地，山坡出现了许多白色风车，数量越来越多，无数白桨般的转盘，如小船划水一样划过冬日凛冽的寒风，划过山间的静谧。数百架风车旋转在山谷里，迎着风的方向，安静地旋转，漫山遍野。

我们继续前行，开过荒野，开过山脉，开过风车地，又奇迹般地遇上山那边一望无际的新奇士橙子园。之前只是在香港超市见过 sunkist 橙子，现在却仿佛来到了它们的老家。漫山遍野的橙子树，绿色的枝叶向外伸展，像争着向阳光索吻的孩子，满是喜悦与繁盛。我们的车像是直接开进了和煦的春天。

夜里，下起雨来。冷冷的雨，无声无息，却被风吹得飘起来，融在车窗上。

半夜十一点，我们开了十个小时，一千多公里，终于到达入夜的旧金山。

洛杉矶

拉斯维加斯

纽约圣诞、西海岸跨年

一半是狂欢,一半是花火

拉斯维加斯是一个奇迹,一个沙漠中不眠不休的奇迹。

我们开车到来的时候刚好是新年前夜,拉斯维加斯大道为迎接跨年的烟火早已关闭,车辆全部被挤到几条狭窄的小路上,默默排起了长龙,远远望去像是一条缓慢移动的车辆的河流,漂浮在一个个闪烁着霓虹灯的赌场之间。

街上早已亮起了路灯。赌场的玻璃幕墙倒映着周围的巨大 LED 显示牌的光芒。那光线渐渐串了色,只能看见一片片红、绿、紫、橙,在巨大的玻璃幕墙上晃了几下,很快就跳跃着更换了颜色。

1931 年,内华达议会通过赌博合法化议案。之后的几十年中,以人力和机器在沙漠中建起了这座醉生梦死的城市。这是造梦之地,也是碎梦之地。风水轮流转,今天的富豪可能一夜之间倾家荡产,昨日的穷小子可能一夕之间好运连连。这里有的是美酒佳肴、香车宝马,餐厅里是连夜的觥筹交错,赌场里是经年的厮杀博弈。

人都是喜欢赌的,赌得小只是扔钱,赌得大则是和命运互押筹码。然而,在赌博这个方面人们又往往有着相对的自信。即使再倒霉的人也相信自己在赌场至少有和其他人同等的暴富概率。

赌场里的人都相信自己是幸运儿,只是时间没到罢了。

新年前夜的拉斯维加斯更加热闹了。整个城市全是漂亮的人、Party 的人、醉酒的人。盛装打扮的女子穿着金色闪亮的晚礼服,眼上涂着黛青色眼影,笑着和一群闺蜜自拍;穿着低胸短裙的小女生挎着西装革履的男朋友,呼朋引伴,笑嚷着踏出赌场大门;一个肥胖的中年妇女脱光了衣服,一丝不挂地站在路边,手中拎着一大瓶啤酒,踏着大街上的节奏翩翩起舞。路人纷纷走过,有的人微微摇头，更多的人则是习以为常的淡漠。

这座城市什么没见过？每年新年前夜，人们从世界各地涌来，用不相通的语言互道"新年快乐"。赌场亮着闪烁莫测的霓虹灯，应和着街上随处可见的巨大显示屏。音乐再震耳欲聋也盖不过人们的欢呼声。辛苦了一整年，拉斯维加斯意味着放松、自由。所有人都等待着狂欢的那一刻，像沙漠中口渴的旅人，希冀紧绷的神经在这里得到彻底释放。

新年十二点前，大家早早挤在大道上，整条路变得水泄不通。人们互相笑着打招呼，脸上带着期待的表情，开始倒数。终于，新年到了，五彩的烟火从"威尼斯人""金银岛""凯撒皇宫"的上空喷薄而出，金的、银的、赤橙黄绿青蓝紫的颜色装点了整个城市的上空，好似一个梦幻的国度。颜色不断变换，烟火的形状貌似一样，又像时刻绽放一朵新的花、一颗新的星、一片新的霞。

然后人们都笑了，互道"新年快乐"——又是新的一年。好的坏的，开心的疲惫的，难以忘怀的无所谓的，旧的一年终于过去了。人们像不太留恋地甩开了一块老旧的毛巾，嫌那飘飞的毛絮可能迷了眼睛，忙不迭地冲向新的一年。

新的故事，新的时间，新的大把大把的青春，新的太阳升起和月亮落下，新的旅行，新的人，新的陪伴。大家鼓吹新，却淡忘旧。世界各地的人们都喜欢用烟火庆祝节日和新年，大概取其灿烂而又喜庆的色彩；又或者是希望不愉快的往事都似烟火，似过眼云烟。仿佛看完烟火就可以和过往说再见，所有的不快乐都在那一阵子噼里啪啦的爆破声中飞灰湮灭。

此刻，我们走回酒店，已是夜深。赌场里仍然灯火通明。我和轩去玩三颗牌，同桌的中年夫妇带着些许倦意，另一个小伙子却是精神抖擞。发牌人揭牌的那一刹那，押对了筹码刚好可以一赔三、一赔六；更多的时候是牌不够好，于是弃牌，或是眼睁睁看着筹码被收走。

在拉斯维加斯的几天，我们看着人们来来去去，自己也在各张桌子前兜兜转转。看到戴帽子五十多岁的美国大叔，阴沉着脸不说话，几分钟之内输掉了五百美金的筹码，眉头都没有皱一下就面无表情走开了。和爸爸妈妈起度假的几岁大的白人小女孩,梳着金色马尾辫,拉着扯着妈妈的手一定要去赌场的自助餐厅,目的没达到索性一屁股坐在地下蹬着双腿大哭。

快离开赌城的时候,在 Mirage 酒店后面意外发现了一个公园,里面有宽阔的水池,寥寥养了几只海豚。人们可以走到地下的透明玻璃旁,看它们胖而白的身体漂浮在水面上,或是潜入水中转几个圈打瞌睡。园里有树荫的院落里还养了白虎和黑豹。白虎是通体雪白,有一个个斑驳的黑点。它们似乎不像国内动物园的兽一般常要进行表演逗人开心,只是倨傲地守住自己的一方天地,并没有半分讨好的意思,常常抬起头,略微不耐烦地看一眼过往的人流。

我们离开赌城的时候是下午,一路开着车沿大道飞驰,路旁霓虹灯的色彩渐渐连成线,由线又至空间,严丝合缝组成一个精密的五颜六色的闪烁世界。然而,这颜色慢慢淡了,又从空间还原成线,最后变成一个遥远的一个点。我们渐渐从拉斯维加斯回到了沙漠之中。

那耀眼的城市仍像是一个遥远的一点,任性生长在远方的沙漠之中,恣意绽放。

旧金山

纽约圣诞,西海岸跨年

游 子 归 家

抵达旧金山已是深夜,整个城市睡在高低起伏的小山上,寂静得像个梦。我不由得想起孙中山先生的那句"我如游子归家"。据说这是他1923年在我的母校——香港大学发表演说时说的话,但于我而言,这句话用在此刻再恰当不过了。

经过纽约、洛杉矶、拉斯维加斯,旧金山更像一个家的所在。纽约是繁华的,却匆匆忙忙;洛杉矶大而旷远,像极了狂野的西部,气候炎热,建筑疏离;拉斯维加斯则是人力在沙漠中缔造的奇迹,车水马龙、金迷纸醉的一座沙漠城。

然而旧金山则更像一个家。

山坡两旁是精致的沿街建筑,有袋鼠标记的杯装珍珠奶茶,有美丽的带着大理石拱门的商场、设计精巧的住宅、闲逸的意大利餐厅和鳞次栉比的高楼大厦。热闹的小山坡时刻有红色的缆车经过,带着好奇的乘客和整车的美景。从山的那边翻过来的一瞬,整城的喧嚣顿时展现在眼前,一路呼啸着快乐地奔赴山下的熙熙攘攘。雨在冬天是常见的,整个城市往往蒙在淅淅沥沥的雨里。

我们的酒店在一座小山坡上。旧金山多得是这种山。沿着山路慢慢向上爬,路边依次是宽阔的广场和售卖原版足球帽的小店铺;然后是漂亮的酒店和餐厅,招牌从墙上伸出来,招摇的大字亮闪闪的,探入城市的空中。这一点与纽约不同,却像极了香港。夜里这些招牌会亮起来,空气中弥漫着快乐而轻松的氛围,萨克斯和吉他的声音隐隐约约从门里飘了出来。

疲惫了一天的上班族走进来,夜仿佛才刚刚开始。杯盏之中喝下的是一日的辛苦，也是对明日辛劳的告慰。再向坡上走就是酒店了，大堂的泊车员围着围巾，穿着西装，职业化地问候刚刚停下车的客人，脸上满是理解和体谅的表情，带着些许暖意，仿佛一下子就参悟了旅人整途的艰辛和劳顿。雨仍然在下，整个城市仍然浸泡在烟雨蒙蒙之中。旧金山好像已经习惯了这一切。

我们傍晚开车穿过金门大桥，去奥克兰球馆看勇士篮球队的比赛。天依旧下着雨，出城的路却排起了长龙。无数下班的人耐心坐在方向盘后，等待长龙慢慢移动。也许站在空中向下看，此时每辆车就像一个个沉默的岛屿，漂浮在宽广的大地上，偶尔汇集在某个街口，继而分散，各自走远，继续漂向远方。

他们心里或许有妻子、父母、可爱的孩子，抑或只是一个属于自己的单身的家——那是另一块孤单的岛屿，安放着寂静的秘密。上班族在这里可得片刻宁静，而第二天又是新的征程。

终于到了，硕大的体育馆里熙熙攘攘，人们穿着勇士队的球衣，开心地买着炸鸡、薯条、比萨、汉堡、可乐，像谈论令自己骄傲的孩子般谈论着自己的球队。队员入场时响起排山倒海的呼喊声，震耳欲聋，近两万人的场馆竟座无虚席，巨大的光束扫过场内每一个角落。

主持人在大声高呼，整个场馆于是沸腾起来。每遇一个进球，全场欢呼，大屏幕上是聒噪的庆贺语言，在对手投球的时候喝倒彩，山呼海啸地"BOO"，像是排练好了一样整齐。高大的美国人拿着啤酒，扭动着拳头，看着自己城市的球队在赛场上奔跑、跳跃、灌篮，抑制不住地兴奋。

球队就像他们的孩子，而观众不是家长，只是他们的见证者。

入夜，我和轩、M 以及 C 开车回来。M 出生在关岛，妈妈是日本人，爸爸则是美国人。她像这个年龄的大多数美国女生那样有说不完的话，洒脱又开朗。C 则是出生在旧金山的华人。一路上，他们眉飞色舞说着这里的吸毒者和无家可归和流浪者，然后翻过山坡，却又眼前一亮，俨然又是另一个安全的街区。的确如此，有时山坡下面都是流浪汉，商店的招牌破败不堪。越过一座山，展现在眼前的都是优美的住宅和宽敞明亮的街道，仿佛人与人之间是由地域划分的。每个人都安心地留在属于自己的区域，彼此有所区别、有所顾忌，却又相安无事。

美国人对彼此是宽容的，喜欢钓鱼和喜欢读书一样可以让人开心，在华尔街工作和在酒吧工作的人一样骄傲。快乐不是用等级和金钱划分的。

我们到了酒吧，每人叫一杯 Long Island，只有我捧着橙汁喝得不亦乐乎。夜晚的酒吧里聚满了衣着光鲜的男男女女，漂亮的脸孔带着些许醉意，和着音乐的节拍毫无顾忌扭动着年轻的身躯，只想要快乐。酒吧的中心是一个大大的水池，里面有一艘木船。正当我犹豫的时候，船竟然在池子里开了，船上的乐队穿着热带的短袖衬衫，突然唱起了 Uptown Funk。鼓手摇晃着脑袋，键盘手弹奏着震耳欲聋的旋律。人们随着前行的船继续跳起来，酒吧里星星点点的灯光好像航行时的星空。

离开旧金山之前我们去了金门大桥。清晨，红色的桥静静睡着，阳光打下来，照得海面亮闪闪的，像蓝色的琥珀，泛着金色的涟漪。我和轩走在山旁，眺望那一道铺在水面上的红色影子，剑一样切开金色的海面，连通两端陆地。远处的恶魔岛好小，只是海中一块浅浅的绿，却早已被拍进好莱坞的电影里。

轩很快乐地在桥旁的小山上跳起来，像极了功夫熊猫。

那天早上的阳光里，我看着山、海，看着横跨水面的红色大桥，看着海上那深深浅浅的绿色、蓝色、金色，不由得笑起来。旧金山给人家一样的感觉，像是故地重游，心底全是温暖的感情。

回程的车上我们开启收音机，静静驾驶，音箱里传来的是 Charlie Puth 的 One Call Away：

I'm only one call away

I'll be there to save the day

Superman got nothing on me

I'm only one call away

我迎着阳光笑了。在美国旅行近一个月后，我们好像离家那么近。

PART 6

瑞士十日,从湖泊到陆地,城堡到雪山,探寻内陆之光

苏黎世

瑞士十日,
从湖泊到陆地,
坡垒到雪山,
探寻内陆之光

圣 诞 节

临近圣诞的苏黎世阳光很好。

一下飞机便见候机室里慵懒地躺了一只半人高的圣伯纳德犬,肚子滚圆,由主人牵了在等朋友。这种狗很多可以重达一百公斤左右,历来是雪山搜救的良犬。此时它却乖巧得像个孩子,在晴暖的日光里吐着舌头,懒极了的样子,惬意无比地打量着候机室来来往往的人流。

瑞士人酷爱巧克力。街上开得很多的是一间名为"Sprungli"的本地巧克力连锁店,一律金色的风格,金色的吊灯映衬着金色的外壁和天花板,金色的橱柜里巧克力像一个个甜美的梦。一盘盘巧克力或圆或方,一个个小小的码起来,店里至少有几百种巧克力,堆积在橱窗里映衬着灯光。

就连路边的小店都是巧克力。有的小店把巧克力加工成刀、铲、锤子的形状,夫具而又质朴,因大气寒冷也不会融化。

这里是瑞士北部靠近德国的一侧，语言以德语居多，偶尔有极少人讲法语。当地人生活作风比较严谨、认真。街道大多很整洁，没有南部法语区的散漫。街头也没有很多游手好闲抽着烟的年轻男人。大概时值节日期间，大家脸上都喜气洋洋的。

市中心的广场上，圣诞市集之中正涌动着熙熙攘攘的人群。人们在广场上搭起帐篷，放小桌椅，开始售卖自己手中的圣诞梦想。有很多手绘的圣诞水晶球，一串串挂在树上，盛在篮子里。有的绘制着圣诞小熊和圣诞老人的马车，有的是麋鹿和来自南极的冰雪。

也有卖自家制作的手工香皂，整齐地收在精美的盒子里，有薰衣草的香气，上面刻着繁复的花纹；抑或是画素描和景物画的自由艺术家，是欧洲常见的风格，支一个小架子，画笔在纸上飞快游走，笔锋闪动着，在纸上快速留下一个个简约的线条，很快，线条连成一个个简单的轮廓，轮廓继续排列组合，远处的高塔就这样出现在面前的白纸上。

但更多的还是售卖本地的小吃。瑞士人历来出产优质芝士，这里有阿尔卑斯山的牧场生产的牛奶和精湛的芝士制作工艺。寒冷的天气里大家都觉得冷，于是聚集在卖芝士的小贩面前买一份烤芝士。只见他从芝士块上快速削下一小块芝士，放到面前小铁片上，铁片下点火加热。芝士很快融化了，成为软软的浓稠的一块，便小心地把热腾腾的芝士从铁皮上刮下来。另一边是早已切好刚出锅的马铃薯，将流动的芝士铺在上面。浓稠的芝士香气配着暖暖的马铃薯，绵软与香滑的味觉体验在寒冬中令人难以忘记。

还有商户支起了高高的锅架子，上面用铁锁吊一口大锅，锅下生火。锅是两层的，上面一层密密麻麻摆满了正烤着的香肠，空气中传来火苗"噗噗"的声响。配一块用本地小麦制作的面包，夹好香肠，旁边还有各种酱料可以选择，咬在口中，面包的烟韧配上香肠的柔软质感，肉和面在口中完美交融，是这个雪山下的小国在寒冬中一份传统的执着。

小广场旁边是苏黎世湖。尽管天气寒冷，却并没有结冰。湖水是墨绿色的，湖中有很多白色的天鹅，并不看向人们，只是骄傲地游着，永远舒展着长长的脖颈；羽毛是不变的白色，有的两两游着，有的三五成群，有的形单影只。

它们对于游客投喂的食物并不会拒绝,不紧不慢地向你游来,渐渐靠近,并没有寻常野生动物的匆忙与紧张。过后,并不过多停留,像是早已习惯了一切,慢慢滑着水游到远方去了。

苏黎世的街道是规整的,四四方方的格局,马路并不宽,只有双车道。圣诞期间,车辆很少,所以未见拥堵。整个城市上了年纪,却规划得很好。周围随处可见大理石质地的建筑,四周环绕着小小的花园,有高大的落叶树和低矮的灌木丛,冬天有时脱了叶子,却并不显得苍凉,像是满头白发的老人,气宇仍在。很多酒店都是老旧的房子改造成的,里面是很漂亮的复古装饰,有高大壁炉和柔软的扶手椅。

冬日,外面是凛冽的寒风,壁炉里却生着火,暖洋洋的火光映在古老的大厅墙壁上,仿佛温暖了一整个旅人的冬季。电梯仍然是老式的,只能容纳两个人和一个大大的箱子,需要手动关上电梯的铁门,然后在一个个圆形的按钮上选好要到达的楼层。电梯的老旧铁门是镂空的,像是从前家家户户寻常的那种门,

需要费力从一侧拉开。酒店的楼梯则很开阔,因为房子并不高,所以没有行李的时候大部分人都会选择走楼梯,顺便欣赏墙上漂亮的小窗子,镂着花,镶了玻璃,天气好的时候阳光会从玻璃上的花纹中透进来。

街上随处可见的是各种雕塑和喷泉,有骑马的造型,也有拿着书的,但更多的还是宗教主题。艺人们站在沿街的楼底,或是拉小提琴,或是弹奏一些不知名的乐器,也有人表演杂技。因为快要过节了,大家行色匆匆,观者并不多。很多人都会有礼貌地停留一下,弯下腰放点钱在他们面前的帽子里。艺人们会微微笑一下,继续自己的表演。人实在很少,让这一切更像是一场自说自话的艺术探索。

在苏黎世,我们最喜欢"Kronenhalle"餐厅。圣诞节订了位子吃午餐。餐厅有几百年的历史,曾有一个时期极受艺术家和音乐人的青睐,毕加索、米罗等人亦成为常客。他们的真迹也留了下来,挂在餐厅的墙壁上。餐厅后来也辉煌了很久,据说香奈儿等人都是这里的座上宾,乔伊斯还在这里写了一点《尤利西斯》,爱因斯坦也来过这里。后来餐厅出了一本收藏画作的小册子,毕加索、马蒂斯、夏加尔、米罗等人的作品赫然在列。餐厅也不避讳,更没有视若珍宝地将其封锁起来,而是大大咧咧地挂在餐厅的墙上。于是客人们可以从容地欣赏着毕加索的自画像,吃小牛肉喝鱼汤,再加一点本地生产的土豆饼,度过午后的时光。

这里的食物具有传统的瑞士特色。我们叫了小牛柳,切得很细,炖到软熟,之后加上独特的白色酱汁,嚼在口中既有牛肉的质感,也不乏酱汁的鲜嫩。餐厅里的刀碟精致,杯盏从容。外面是冬日的阳光,带点苍白的亮,餐厅内却点着蜡烛,摇曳的烛光散发出刚刚好的热度。就餐者小声交谈着,有的是一个大家庭,有的像是情侣。

走出餐厅的时候已是下午,风依旧是凛冽的,带着周围雪山的气息,潮湿中夹杂着一丝微微的暖意。

转眼又是一年圣诞节。

巴黎曲

蒙 特 勒

瑞士十日，从湖泊到陆地，城堡到雪山，探寻内陆之光

黄金快车线和圣诞集市

黄金快车线上的火车很漂亮。两边是落地窗,擦得纤尘不染,窗上更有天窗,高高地开在靠近车子天花板的地方,是狭长、透明的两个长条,却可以望见树林之上的天空。火车外形是红色的,配一点近乎透明的白,并不扎眼,像是奶油蛋糕上点缀的一抹红,穿梭在瑞士的翠绿山水中。

火车要分等级买票。一等票可以去相连的餐车。一张张整齐的四方桌子沿着列车过道排好,每张可以坐下四个人,都清一色铺着白色的桌布。座位是皮质的高背椅,坐下去整个人就软绵绵地陷了进去。

菜单很简单,仔细用英、法、德、意四种语言标注出来,分为前菜、主菜和甜点。前菜有忌廉汤、番茄汤,以及沙律;主菜有意粉、芝士烩饭、三文鱼扒和牛扒;甜点是盛在小玻璃杯里的冰激凌或芝士蛋糕。和后面车厢比,这里安静很多。大家慢慢点餐,慢慢用餐,菜煮得慢,所幸有车窗外的风景相伴。

窗外,火车正飞速掠过淡蓝色的图恩湖。阳光并不刺眼,天上的云彩若有若无,不仔细看便辨别不了它们的形状,却无意间给远方的群山镶了一层淡淡的白色背景。山是极绿的,远看过去却看不到树木的轮廓,只能依稀看到散落的村庄,一簇一簇盘在山腰上、聚在山脚下。房子都是几层的砖瓦结构,星罗棋布。

山下就是图恩湖了。整个湖水氤氲着水汽,像极了山间漂亮的梦境。湖水有连绵的草坡做映衬,牛羊的身影倒映在水中,多了人间烟火的味道。

路边还有葡萄园梯田,从高处一层层铺下来。已是寒冬,树叶枯萎了,只剩本来扭曲的树干,在风中精简了轮廓,盘旋交错。满园的萧索,几乎无

法想象来年亦会满树的叶子和葡萄。也有漂亮的彩绘雕花小屋，伴着教堂高高的尖塔背景，远处的湖泊仍然在流动，氤氲着水汽，像做一个美丽的梦。

瑞士火车向来以准时、整洁、舒适闻名。火车时刻表做成了手机 App，可以在各个站台查阅。几乎每隔几十分钟就有一班火车穿梭于站台与城市之间，几乎可以做到分秒不差。

到达目的地的小镇，刚好是滑雪的季节。小镇在雪山脚下，广场上早已搭好了溜冰场。孩子们笑着、跳着，坐在有轮子的玩具车里由爸爸妈妈拖着，或是自己颤颤巍巍地滑着，一不小心就摔倒了，却也不哭。也有小孩一阵风似的从溜冰场的一边窜到另一边，偶尔停下来喘口气，看看远处的雪山。

集市上有很多美食。大家喜欢吃"fondue"，就是把面包、香肠、牛羊肉等放进一锅煮得咕咚咕咚冒着热气的芝士里，像是中国人的火锅；或是把削好的芝士撒到滚烫的土豆上面，等芝士融化再一起吃。本地人也吃德国的大面包，或做成面包卷，或薄薄的脆硬的一片，或是法棍一样的硬面包，吃一点就饱了。集市上，有人在售卖大串的羊肉，现场烤成金黄色，撒上调料，人群为之排成长队。更有人卖一种苹果做的类似甜甜圈的甜点，很小，又要炸，之后撒上糖霜，装在纸盒里面，也颇受欢迎。

离集市不远的地方就是阿尔卑斯山的分脉，高大的冰山带着终年不化的皑皑积雪。

我们在此停留下来，准备几天后的雪山之行。

西 庸 古 堡

西庸古堡在蒙特勒，日内瓦湖畔。

这座始建于罗马时期的城堡于十一至十三世纪又经历了漫长的扩建，地基深深打入三百多公尺深的日内瓦湖底。

古堡依山势而建，面对日内瓦湖，与山合一，浮于水面。我们来的这天阴天，站在直通湖面的木质亭子内望向湖面，乌云密布的天空尽是深蓝色厚厚的云层，却不显得阴暗，阳光从云层上照下来反而有一种晶莹剔透的感觉。云层下面就是远处连绵起伏的群山，只是黑压压的影子，横亘在视野的中央，像是泼墨画里几笔勾勒出的轮廓。

再下面就是近处的小山坡，温柔地和水融为一体，山峦环绕着湖泊，坡上的小村庄是标准的瑞士郊区村庄的样子，素净的三层小楼，橘红色的砖瓦，净白的墙壁，像一个个沉睡的梦境。山坡此时是淡绿色的，草丛繁星般闪着光点缀在群山脚下。再下面就是一望无际的湖泊了。湖面波光荡漾，有时被风吹了起来，倒映着的天空中云朵的样子瞬间被点碎了，一湖的波光便漾开来，整个湖面像是铺满了闪烁的群星，又像是湖底布满了碎钻。湖水温柔地环抱着古堡，水面轻轻拍打着墙体，像是城堡与生俱来的韵律。

然而，这古堡也并不总是这样柔和。城堡的入口遍布着机关，枪、炮、箭剁……不同时代的武器痕迹都在，几百年前的刀光剑影立刻跃入眼前。湖水的温柔在这种剑拔弩张的阵势面前反而显得不真实了。

果然，城堡的地下是暗无天日的地窖。阴天进来，身上的所有毛孔仿佛都打开了，透着一股寒意。周围满是阴森和萧索的感觉，和外面的湖光山色截然不同。这里是绝望的、阴湿的、寒冷的，即使隔了这么久依然让人头皮

发麻。地下的穹顶是几根大理石石柱一根根重叠在一起支撑住整个城堡的重量，石柱下面则是当年捆绑犯人的地方。放眼看去，只是粗大的石柱和高高的穹顶，小小的窗户透入如豆般微弱的光，远处的湖水重重拍打着墙壁，发出"咣咣"的声响。

令人奇怪的是，明明在城堡外看起来波光潋滟的日内瓦湖，在这里则只有汹涌的涛声，狂澜一般撞击着城堡的底部，听起来颇有些末日即将到来的绝望。

拜伦在1816年参观了此古堡，之后就写了《西庸的囚徒》，歌颂的是十六世纪支持日内瓦独立而被绑在石柱上长达四年之久的神父。四年也许在寻常监狱只是普通的刑期，但在这里几分钟，你便能体会到绝望的气息。几人粗的石柱重叠着，似凶神恶煞的守门神，永远不会离去。窗外暗无天日，从小小的只能通风的空洞并不能看到外面。时间久了，也会以为自己被关在湖底，永远与世隔绝。

站在城堡楼上则是另一番景色。宽敞明亮的大厅里，温暖的烛光映着彩色窗玻璃和壁画，不难想象，当年觥筹交错的场景，贵族们衣履华丽地出入

此处。有专门的地下酒窖常年供应特制美酒,有大大的雕花窗棂每日可以欣赏外面的湖光山色。

　　卧室也是大而明亮的,一间间房屋之间机关密布,一个个楼宇塔楼之间都是层层相连的机关要道。有的很窄,仅能一个人艰难爬上,有的则很宽阔,可以数人自由出入。盘旋而上的回廊设在整个建筑的高处,连接着窄梯高窗,回环曲折。除了能登高欣赏湖光山色,更可以看清方圆几十里的形势。

　　登高看远处的群山,看静谧的湖泊,在下午的日光里沉睡着,水面微微眨动着睫毛,像是熟睡的婴儿,环抱着城堡像是拥抱心爱的宝物。

　　那些动荡的年代里,在这样一方天地,有人醉生梦死,有人度日如年,全都隔着山,隔着水,隔着城堡外的重重机关和厚重的城墙。

　　大概这也是人性的一个阴暗角落:个体的快乐是要建立在另外一群人的不幸之上。以其不幸作为自己享乐的参照物,花天酒地和湖光山色也因此多了对比和衬托,更显出自己的奢侈快乐。

日内瓦

瑞士十日，从湖泊到陆地，城堡到雪山，探寻内陆之光

日 内 瓦

冬天的日内瓦是灰蒙蒙的。天上的云朵是黯淡的灰色，堆积在太阳周围，像一张阴郁的大网，寒风中抖动着筛出几缕阳光。太阳从云朵的缝隙里微微透出一点亮光，像是一个金光闪耀的童话世界角落，藏匿在厚厚的天幕中，一会儿又像快要燃尽的火堆一样，很快看不清楚了。

市中心有一个很大的喷泉，在湖上。喷泉就这样从湖面上直直地喷涌而出，淡白色的水柱冲天直上，有四十五层摩天大楼的高度。远远望去喷泉像是从天空中坠落的一条白色缎带，在风中舞动着，变换着样子。水花纷飞开来，每个人的脸上都像是带着雾气。那水柱又像是风中饱满的帆，迎风动着，翻飞着，像随时要随风去了，却毕竟没有。

据说喷泉的时速可以达到两百公里。晴朗的天空中，有时还会有一道彩虹斜斜地铺在湖面的一角，七色交叠着，像是日光下一个旖旎的梦境。喷泉是快的，是高的，是力的爆发。而彩虹是精致的，是绚烂的，是静止的，是美的宣扬。

张爱玲说："力是快乐的，美却是悲哀的，两者不能独立存在。"因而她写文章喜欢参差的对照。此刻彩虹因喷泉而生，喷泉也因彩虹而有了颜色。灵动和静止的搭配，竟也有一种和谐之美。

日内瓦遍地都是钟表行。十六世纪时欧洲宗教改革，各国工匠大量来到瑞士。来自法国的工匠带来了先进的钟表工艺，和瑞士本地的珠宝手艺相结合，瑞士钟表渐渐声名远播。直到今天，日内瓦工匠们仍然骄傲地保持着自己的"日内瓦印记"。这个创立于1886年的印记代表着钟表界的无上光荣，是本地出产并保持着严苛技术与工艺的代表。

这个来自日内瓦的小小印记今日仍然游走在人们的腕间，像是一个国际通用符号，每每提起见到，都让人心生敬佩。

也许这就是日内瓦的魅力，不声张，却早已声名远播，不喧哗，却已悄悄统治了人们对时间的概念。每当人们提起这个地方，都会带着敬佩的目光，叹服手工艺人们的执着和精湛的技艺，叹服本地工业严谨的态度，更加叹服他们给世界各国带来的财富——时间的象征。这是静止与灵动、进退与发展、精准与美丽、价格与质量的权衡。在权衡之中不失分寸，这就是日内瓦。

当然，这里还有大大小小的总部，世界卫生组织、国际红十字会、国际劳工组织等国际组织都在这里安了家，就连联合国欧洲办事处也在这里。

落雨的天气，联合国欧洲办事处的广场空旷而又少人。只有一把椅子静静地立在那里。椅子很高很大，木质，少了一条腿。风起的时候高大的木质椅子很勉强地立在宽阔的广场上，像一个世纪老人，随时可能被风吹倒。木头很细，后来知道这是一只跛脚椅，为了提醒人们地雷的危险。

广场里各个国家的国旗静静矗立。一阵微风吹过，那么多面国旗就一起动了起来，仿佛可以看到来自那么多个国家的故事，或是热情洋溢的，或是忧伤婉转的，或是群情激奋，或是斗志昂扬。那么多面国旗在风中唱着歌，伫立在这个小小的广场上，却没有显得拥挤。

有的地方承载了太多故事，时间久了尽显颓态。时光像是偏离了原来的航线，只剩下故事，拥挤着，争相倾诉旧时光里的际遇。

日内瓦却没有。它一直是新的，却保有旧的、美好的故事；它像是不在乎，却有着自己的坚守和原则；它一直在发展，却留存了过去的印记。

像是一条不断延伸的平行线，日内瓦本身贯穿了过去与未来，中间的枢纽是精神也是艺术，更是建筑物本身。

伯恩

瑞士十日,从湖泊到陆地,城堡到雪山,探寻内陆之光。

伯 恩 古 城

到伯恩的时候天气不好,下着小雨。

古城本就阴森老旧,因为是假期,居民大都外出游玩,街道上更显得空空荡荡的。又赶上下雨,整个天灰蒙蒙的,地上潮湿发暗,街巷仿佛隐没在茫茫雾气里。

伯恩的街道并不宽,还有缆车的车轨。街道两旁的石质建筑是高而不透风的,连排依傍着道路而建,家家户户开出一个个漂亮的小窗,外面是一个放花的阳台。街道也是石头做的,道路两旁颇多小店铺,有的卖乐器、有的卖二手书画、有的则卖小手工艺品和衣物,都在街边开了窗子,露出一点点货架和各式各样的手工艺品,只是都关了门。我只看到两张仿玛丽莲·梦露的海报,旁边配有法语注释。

只有市中心的国会大楼前热闹一些。瑞士人极爱滑雪滑冰,这里不例外也搭了滑雪场,一些年轻人和孩子穿着冰鞋,脸在寒风里冻得红彤彤的,却抑制不住地兴奋。

这是一个到处都有熊的城市。熊的雕像、熊的喷泉、熊的博物馆。据说1848年成为瑞士首都之前,伯恩城已经有七百多年的历史。中世纪晚期开始成为阿尔卑斯北部最具影响力的城市,而熊则一直是该市的象征。熊是创城人第一只捕猎到的动物,"伯恩"这个名字由此而来。

我们真的看到了很多的熊。熊的雕塑威武而高大,身体直立,两只前爪向前探出,似乎正在发出怒吼。面包店里的卖的小熊糕点则可爱得多,它们往往有着迷你的小爪子和小肚皮,让人舍不得下口。

伯恩的建筑大都陈旧,却带着过去的气息,像一个沉沉坠入梦乡的老人,带着过往的威严,做着关于过去的梦。在阴冷的雨天,这座城市古老巍峨的庞大石质建筑大都在阴暗的天色里保持着暗色调,有哥特式尖顶和繁复的雕刻,以及曲折盘旋向上的风格。

正中的大教堂用了近四百年的时间修建,正门上竟密密麻麻雕刻了两百三十四个人物。在雨中,这些形象不一的人物像是静止般,若有所思,冷冷的雨打在它们的身上，镀了一层暗暗的青铜色，然后"刷"的一声流下来。正义女神在正中，左面是天堂，右面是地狱。这是"最后的审判"中的场景。天已经快要黑了，整个世界暗下来，人物便成为一个个暗淡的影子，隐没在深邃的夜里。教堂本身也渐渐吞没了颜色，成为一个庞大暗淡的轮廓。

环绕着城市的阿勒河此时也变成了一条暗色的丝带，微微反射着太阳的余光，只是这光也慢慢变微弱了，像是一条跳跃着点点银色光芒的绸缎，河流流淌着，在光中慢慢暗淡下来，兀自流淌。

我们终于走到一处穹顶的边缘。穹顶很高，一边连接着城市，一边可以看到对面的群山。穿过穹顶，立刻发现像是走入城中的一个高耸的眺望台。从站立的地方望下去，都是或高或矮的房屋，有或尖或圆或四方的屋顶，星罗棋布分散在面前的大山坡上。山是带一点铁青色的，在冬日的雨中没有表情，悄无声息，只是舒展着，和周围的山相连接。我们在明处，山则在暗处。背后的天空还没有完全黯淡下来，仍然是淡蓝色的，天空是蓝得发光的所在，在山的映衬下，显得越发广博。

入夜了，伯恩的街道上都有小小的灯泡，斑驳的黄色光点点缀着大街小巷的缆线，走在路上犹如漫步星空，散碎的颜色像悬浮的星星，簇拥着我们。

好像雨也没有那么冷了，我们又从这里匆匆赶火车奔赴下一站。

因特拉根

瑞士十日，
从湖泊到陆地，
城堡到雪山，
探寻内陆之光

跳伞记

初到少女峰脚下的这座小镇,已是下午。远处的雪山若隐若现,嶙峋的轮廓被日光雕铸在天幕上,留给小镇的只是若隐若现的影子。下午的小镇静静地沉睡在这影子里。

忽然路边的一块广告标语映入眼帘:跳伞!A1大小的广告纸上,大大的背景是一个在空中打开伞包的男子,背后的降落伞在风中打开,下边是一连串电话和公司地址、名称。看到这里,轩久久不愿离去。之前他在拉斯维加斯跳过伞,很想在瑞士再试一次。

于是我们依电话打过去,对方告知圣诞这几天不开放,最早的一次在两天后。马上预约,我不跳,就带我一起上直升机在空中兜一圈。

第二天我们去穆伦,是坐落在U型谷地岩壁上方的小村庄。村庄相对封闭,进村要先坐缆车,再坐火车,久而久之成了山中的桃花源。

山体高而陡峭,车子近乎垂直依附在缆车单薄的一条线上,脚下就是笔直陡峭的山崖,阳光照下来,移动的缆车影子倒映在山壁上,像一个静悄悄移动的暗斑。然而世界就这样疾速变小,山下的车流和人烟基本看不到了,众山峦成了一个个露着脑袋的小山包。

这时我们到了Gruschalp。本以为已经到了,没想到刚下缆车,便见到一列红色的小火车,大约有五六节车厢的样子,司机已经准备开动了。于是又上火车,一路穿越隧道、穿越山中的溪谷和苍茫的绿荫。十五分钟后终于到达了穆伦。

上天厚待这个可爱的小村落。阳光的热度刚刚好,家家户户都有三层的小洋房,纷纷种着花草,悄悄从阳台上探出来。有的屋子上还插着瑞士国旗,放眼看过去，家家户户像是沐浴着阳光，睡在花朵里。

远处是起伏的山峦，少女峰守护着这个山谷里的小小摇篮。外面天正晴朗，空地上的滑雪场里，孩子们正尝试着滑雪。远处的山林起伏，绿意盎然，小村落就这样守着鲜花、树影，守着山间的溪水和阳光，守着远处的雪山和近处的冰雪，像极了欧洲版的桃花源。"阡陌交通，鸡犬相闻"，说的大概就是这样的仙境。

之后我们去登雪朗峰。因为007系列《女王密令》而成名的山，有着与电影一样的犀利和冷峻。在穆伦继续搭乘缆车，这次缆车划过的是万千覆盖着雪的山头。仿佛山是雪的梦境，雪是山的魂魄，绵延的皑皑白雪像梦幻般静谧而又圣洁。山皆是有棱角的，支离破碎、千奇百怪的嶙峋山体被雪一遮，反而柔和了许多，漫山遍野只是柔和的白。

我们坐了近二十分钟的缆车，终于到达雪朗峰，极冷，在海拔三千公尺的高度，空气稀薄而又凛冽，仿佛飘着悬浮的刀片，刮在脸上冷冰冰的，时间久了，连直觉也没了。出现在电影《女王密令》中那个修建在山峰最高处的环形观景台和旋转餐厅，依然保存完好。

登上观景台,三百六十度全是绵延起伏的群山,或高或矮、或笔直或塌陷、或是白色的无瑕的冰雪世界,或是积雪融化出现的一些裸露山体。我们于观景台上像身处一个孤独的小岛,独自漂流在无边的雪峰云海之中。

终于要跳伞了,我们心中满是兴奋与担心。大家约好十二点在一个小酒吧碰面,很准时,一个中年大叔开车来接我们。路上聊天,他说他已经做跳伞教练三十余年,又笑眯眯说此项运动绝对安全,让我们不要担心。

跳伞服很厚,类似宇航服,后面连着一个大大的带子,应该是要和教练系在一起。教练则背一个厚厚的包裹,他们测试了一下,发现包裹里面的伞可以正常弹出。随后,就准备发动直升机了。

直升机是红色的,小小一架,只有两排座位。我见到所有按钮都还是老式的手动操作杆,没有什么自动装置,连显示屏都是小小的一块,不禁担忧起来。我坐在副驾驶的位置,和驾驶员在一起,轩和教练坐在后面一排。教练此时已经连好他和轩的带子,脸上满是轻松的微笑,和轩聊着当日的天气。

阵震耳欲聋的轰鸣,飞机的螺旋桨划开周边的空气,"轰"的一声,我们以极快的速度腾空而起。只见飞机直直地朝面前赭黄色的悬崖峭壁而去,

我不禁惊呼起来。哪知驾驶员只是轻笑，很快将机身拉升起来。我们几乎是垂直上升，避开了面前的丘陵。眼前的景色慢慢变得开阔，低矮的地方没有积雪，只是绿色的树木和嶙峋裸露的山体，还有黄褐色的石头和深黑色的乱石冻土。飞机渐渐飞高，满眼充盈的都是耀眼的白，在日光下反射着刺眼的光。脚下的大地仿佛变成了一个个小格子，格子渐渐收缩，继而成为一片片平原、山峦、盆地，盆地后面的起伏的群山更是清晰。

此时，司机一个猛子向下扎去。我不禁深吸一口气，以为飞机出了故障。然而并没有，教练笑眯眯地在后面说："我们要跳啦！"然后毫无征兆地拉开飞机舱门，一眨眼的工夫，他和轩就向下坠落，瞬间消失在白色的群山里。

我急寻找他们，但因为是在飞机下面，根本看不到。

四周一下子寂静了，天地之间仿佛只有我们一架孤零零的直升机。

驾驶员此时并不着急，带着洞悉一切的微笑，一个猛子扎下去。就算这样，我们还是看不到他们的影子。

返航的路途无比漫长。我无心寻找风景，只顾着在山间寻找一个橘黄色的身影和一个大大伞状物。

就在这时，我们远远看到出发时的草坪和已经散落的皱巴巴的降落伞。轩和教练正在解开身上的挂钩和带子。看来，他们已经"返航"了。

我看轩的表情还很自然，便问他："跳的时候害怕吗？"

轩笑笑，说："还好，只是落地的时候有点腿软。"

人大概都是在面临失去的一刻才懂得珍惜。平日里所说的"珍惜拥有"大都是虚假的客套，真的等到身体不适才记起要多锻炼，健康饮食。好像平日都是混日子，专等一件事把自己点醒。

至于我，很怀念坐直升机的经历，尤其是垂直起飞和降落的感觉，在雪山之中看着苍茫群山，觉得自己既渺小又快乐。

PART 7

离开小岛的日子

巴黎

离井小品
的日子

卢浮宫外数星星

二十世纪二十年代,年轻的海明威生活在巴黎。四十年后,他在《流动的盛宴》里写下了那句著名的话:"假如你有幸年轻时在巴黎生活过,那么,你此后一生不论去到哪里她都与你同在,因为巴黎是一席流动的盛宴。"

四十年了,与其说回忆,不如说是怀念。似曾相识的一切大概都已幻化为模糊的烟雾,旧时光的样子没人能记得真真切切,能让人信誓旦旦地说着"永远与你同在"的,也许只有巴黎了——看回去的时候,永远抓不住它的轮廓,却让人愈发想念。

初到巴黎,我们坐在塞纳河的游船上。九月傍晚的阳光仍然耀眼,打在游船的玻璃壳子上,渐渐凝聚成一个个移动跳跃的光斑。河边是宽敞的行人路,紧挨着埃菲尔铁塔,从低低的河中无法见到铁塔的顶端,只是一小截盘旋的环绕的铁的筋骨,庞大的塔基支撑着嶙峋的塔身,在阳光下,铁塔自身是暗的,却又有背后的蓝空衬托。有白色的云朵和蓝色的天空做底子,更衬得铁塔像一个暗淡的庞然大物。

船继续前行,路过著名的亚历山大三世桥。桥头端坐着金色的仙女、天使、战马,栩栩如生,金色的轮廓在阳光下也发着光。桥上车水马龙,连接着香榭丽舍大街和左岸。

我们路过一群少年,对着游船愉快地招手。他们背着挎包,穿着拖鞋,随意地坐在桥边的堤岸上,整个人浸泡在阳光里。大理石雕像在桥洞旁,摩天轮从树丛中略微探出头。

一路上,巴黎的建筑似乎有一种近乎奢侈的美感,像是不惜一切代价堆砌起的亭台楼阁,只为寻一个设计上的梦境。铁塔可以挨着摩天轮和华丽的

宫殿，转一个弯就上了亚历山大三世桥。

又去了卢浮宫。当中一个院子，玻璃的金字塔像小钢铁格子分割了玻璃的表面，看起来像科幻电影里发射终极武器的台子，只是倒转了过来，牢牢扣在地面上。

《蒙娜丽莎》面前很拥挤，人头攒动。人们挤着向前，只为一睹"她"的真容。她真的太小了，整个画略略大过 A4 的纸张，却还要罩上罩子，放在台子顶端，外面再加一圈防护栏，由几个警卫专门看护。然而她的笑容始终如一，那么神秘，意味悠长。这一刻它只是一幅小而珍贵的画作，贴在墙上，受众人目光的洗礼。

萨摩色雷斯的"胜利女神"则高踞在二楼的平台上，远望有冲天的气势。雕像的头部已经残缺，据说三百年前考古学家将这尊古希腊的雕塑从碎片还原，气势却未减分毫。翅膀像被风吹动着，慢慢打开，女神宛如从天而降，又似展翅欲飞；裙裾像被风吹拂过，连纹理都清晰可见。一如断臂的维纳斯，两个雕塑虽失落了头和双臂，却没有失去本身的美丽。观者凭借想象拼凑出它们在自己心中理想的样子。正所谓不完美才美，残缺亦永恒，所以有了无限的可能。

我们也走过许多漂亮的屋子，时而抬起头，墙上全是整幅的壁画，描绘着耶稣的故事。《圣经》里的耶稣，凡人心境里的耶稣。还有希腊诸神的雕塑、日本的精致亭榭、高山流水般的中国古画、来自波斯湾的古老绘画毛毡、来自热带岛屿的高大木质雕像、来自埃及的木乃伊金色面具……

卢浮宫无疑是拥挤的，那么多漂亮的、厉害的、远古的故事，拥簇着，互相对话却又无法沟通，沉默却又息息相关。这里杂乱的美感或许是整个巴黎的一个缩影。高密度的艺术品堆积在狭小的空间里，像是人类智识的一场宏大的宣泄，又像一场集体的选美比赛。成败已经不是关键，更多的是一种对于美的追求。

那么多的心力都投入到了美的事业之中。巴黎在这方面是翘楚，因为纯粹追随美的不懈努力，使整个城市像卢浮宫一样，成了美的展示版。好像建筑的任意一角都在高呼：看我精致的雕刻，看我美丽的纹饰，看我的精心设计，美不美？

远远望去，大理石的建筑外无不雕刻着精致的雕像、浮雕，画着精美的壁画，一个个高高的穹顶宫殿描摹出建筑艺术的华彩。随便路经的一条小街都是美的，广场里的落日、大路两旁的花、阳光下闪耀着的喷泉……巴黎本身就是个超级美术馆。

夜深沉，我们从窗口向外望去。离卢浮宫不远的地方，一个穹顶露出一个尖顶，旁边是皎洁的一弯月牙，月牙旁则是摩天轮。此时，摩天轮停止转动，只露出一角。天空中满是繁星，圆的摩天轮、房屋的尖顶、皎洁的弯月在群星的映衬下相依为伴，意境绝伦。

夜更深了。我们却依然数着星星，迟迟不肯睡去。

曼谷

离开小岛的日子

"曼"行记

四月的曼谷是炙热、潮湿而又温柔的。天色明亮,阳光从头顶径直照下来。白日里的水汽中仿佛氤氲着人们柔声细语的说话声,像日光下悠长的不愿醒来的梦境。夜晚则是阵阵热带的花香,是巨大的电子广告屏幕上艺人们的笑靥,是黯淡的无风小巷里露宿街头者的酸臭气息,或是道路上堵塞的交通。

车队往往蜿蜒几公里,爬虫一样首尾相连。糟糕的交通秩序考验着这个城市的脉搏。从高空望下来,灯红酒绿的酒吧和商厦,贩卖着沉醉和美丽。绿色的高大植物则覆盖了城市的道路两侧,像椰子一样伸出绿色的大大的顶,冠子般铺展开来,泼墨似的给道路平添一抹绿意。

我们此刻坐在出租上,半小时竟也没有移动几米。车上放着音乐广播,本地语言的歌曲汩汩流出音箱,不疾不徐的节奏中带着生活的慵懒和绵软,出租车司机摇头晃脑地跟着唱,再自然不过。接近深夜的曼谷街道上,时光像静止在留声机内的老唱片。

我们两个外来人却越来越坐立不安,面前的车龙像是一堵望不到尽头的墙,大段大段时光仿佛只是打了个水漂,便落入这拥堵的路上,又不能动,也听不懂收音机里的歌曲。背后的城市仍然流光溢彩,我们却被夹在道路中间,像被抛弃的两个孩子,焦急却无可奈何。

五分钟后,我们大步走在曼谷夜里十一点的人行道上。身边的车辆依然没能挪动,我们却得以大步生风,仿佛整个世界都被抛在脑后。回头看看下车的地方,我们乘坐的那辆出租车已被远远甩在身后,隐没在浩瀚的车海里,再也看不见。

我们经过一辆红色轿车。这时的它仿佛一个鲜红明亮的点,本该跳跃飞驰却无奈地在拥堵的沼泽中凝固、静止,背景灰暗,行动缓慢。我们已习惯在风驰电掣的香港,所有交通工具快捷而又高效,习惯人们脚下生风、分秒必争。此时此地,才第一次体会到走路快过乘车,新奇的感觉竟让这一路都不觉得累。

郊区渐渐被抛在身后,走着走着,街道逐渐开阔,我们也累了,双腿像灌了铅,开始是酸,其后是痛,再之后就是麻木,每一步都是机械地移动,没有风的夜里汗水慢慢滴下来,脸上的油光中和着行走的疲惫、汗水、汽车尾气和夜里的薄雾。

此时车流也并没有移动很多。交通路口处的警察大概休息了,四处都是闯红灯的车、乱拐弯的车、着急鸣笛的车。市中心的街道渐渐热闹起来,路边的小酒吧门沿低矮,昏暗的房间里大屏幕正转播着足球赛,小小的桌子上有人在喝酒聊天。门突然开了,几个冒着酒气的白人男子一手拿着绿色啤酒瓶"哗"一声猛地推开门,大声用英文吆喝着,另一只手却各挽着一个泰国本地女郎:都很瘦,穿着红色、黑色、黄色的吊带裙,开口低低,裙子很短,鞋跟又高,脸上是暗黑色眼影和大红色的唇膏,厚重妆容之下看不清年龄和表情,却能听到暧昧的笑声。她们蹒跚地支撑着高大白人男子醉酒后歪斜的身体,一行人歪歪扭扭向前走去。

路边的高架桥上,另一个穿着高跟鞋的泰国女人独自向上走着,高高的鞋跟敲击着天桥桥面,发出"咔咔"的声响。一路上行对她来说有点吃力,裙子又过短,眼神却是锐利而机警的,像是正在觅食的猎豹。

夜才刚刚开始。

五光十色的酒吧和餐厅里,女人们放肆地笑着,男人们只是喝酒。漂亮的年轻人衣着时髦,流连于商场和步行街,欢笑声中掺杂着酒气和热带的花香,巨大的广告牌不断闪烁着变换着颜色,帅哥美女不遗余力地推销着美丽和快乐的秘方,漂亮的五官带着从容的神色,像是市井里的白日梦。

几步远的地方,天桥下的借宿者露出一截黝黑的双腿,小孩子裹着污黑的床单,躺在路边一动不动,不知是睡着了,还是饿得奄奄一息。脸被包住,无法得见。路人们纷纷淡漠地走过,外国男人挽着他们的本地女郎,妓女们甩着高跟鞋,夜归的行人微笑着谈着天,小情侣们勾肩搭背,卿卿我我。他们好像全都习惯了,慢慢走远,背影消失在黑色的夜里。

夜里,我们去吃晚餐。位于顶楼的 RRB 牛排餐厅是清一色的红色装饰,在夜色中俯瞰整个城市,红色、绿色的街灯斑斑点点,装饰在蜿蜒曲折的线一样交汇的街道上,楼房如灰色、黑色、白色的小盒子,隔壁的玻璃幕墙在低一点的地方反射着整个夜色的凝滞和跃动。

餐厅里穿着黑色吊带长裙的女生面容姣好,情绪全都不放在脸上,只是带着温柔的、纯粹礼节性的笑意。鹅肝微微煎过,脆脆的外皮下一股烟韧香浓的味道。沙律是将几种绿色蔬菜和芝士切好,芝士磨成碎屑,蔬菜切成小块,和一个个盛着橄榄、醋、千岛酱汁的小碗一起放到小推车里。

长裙美女们慢慢把推车推到食客面前,当着食客的面拿出一个半人高的大木桶,所有事先选好的食材在木桶里慢慢搅拌,最后加入酱汁,放到盘子里。

甜品也是,一个小车推过来,当面用锅炒热红糖,再把新鲜的水果拿来挤汁,在另一口小锅里用面粉和糖浆煎好饼皮。这边还要将煮好的糖浆点火,看蓝色的火舌慢慢舔着糖浆,直到阵阵香气袭来。熄火起锅,糖浆逐渐溶在饼皮上,加以装饰,这才算做好了甜品。

我们也喜欢在夜里到处闲逛。几十米以外楼下的拐角处,小贩们正推着淡黑色的手推车,满满都是烟火气,叫卖小器皿里面的椰子雪糕清新可人。一块大大的雪糕放在塑料碗里,用小木勺挖一角放入口中,浓郁的椰香顿时溶化,充满整个味蕾。

穿着传统红色袍子的小哥在卖奶茶类的饮品,巨大的茶壶放得很高,饮料从很高的地方倾注成一条长长的抛物线,直直落入银色的器皿之中。人们围着他,笑着聊天、喝茶。

两种夜晚我们都爱,它们都很泰国。

我们也在夜里去看电影。入夜后的电影院喧闹而又拥挤，爆米花配电影就是快乐的终极注脚。电影开始前会播放一段长长的关于老国王的影像，人们无不起立观看。当时老国王已经病重，影像里的人们全都是肃穆、凝重、伤感的，一群群跪在佛庙、路边、集会处为国王祈福，满是依恋的神色。

这种虔诚让我们感到惊讶。

第二天，去大皇宫。皇宫是东南亚佛国里的瑰宝。四周的墙壁上画着整幅壁画，是黛青色的山峦和巍峨耸立的热带庙宇宫殿；是纷纷打斗的邦国和士兵们；是神仙们围坐时的安逸；是猛兽们的互相厮杀，蛇、象、虎、豹等巨兽充斥在古时泰人的世界，而连年的邦国征战则像剪影一样贯穿壁画始终。

世界是攻占杀伐之时的混乱，亦是神仙神游之中的梦境。矛盾中的包容，包容之中的矛盾，全部画了出来。

皇宫里满世界的金色尖塔。炎热的晴空下，太阳不知疲倦地洒下刺眼炙热的光，千万个耸立的尖塔像是金色莲花般熠熠生辉。金色度之以神秘，白色度之以庄重。

皇宫里有大片的绿色草地，庙里的大佛则是庄严而又体恤苍生的。人们屏息经过他面前，它只是微微垂下双眼，却俨然洞悉了世间的忧伤和烦恼，报以静默无声的承诺。人们在炎热的夏季仍然穿长衫长袖，借以表达肃穆和尊重。佛以静默的慈悲给人希望和释怀，人们则以世俗的供养维持庙宇的繁盛和光彩。

我们坐着 tuk tuk 车穿越大街小巷。车子像一叶扁舟穿行在楼宇之间。开车的小哥只是笑着，带我们去附近的商场，里面有香奈儿、爱玛仕，也有精致的餐厅。我们也被带去周围的小集市，漫无目的地逛着，看人们给手机贴膜，买一朵早晨的花儿夹在头发上，还有五颜六色的衬衫和裙子，印着繁复的热带纹彩，配色之中有本土的审美元素，面料也飘飘然像要飞舞起来。我们很喜欢这种鲜艳的热带纹理，从不缺乏色彩和光亮，也不吝惜表达对色泽的追求。

一街之隔，有人在商场买几十万的爱玛仕包包，有人在集市挑选几块钱的棉布袋子。然而大家都是快乐的，这快乐在曼谷带着宽容和温柔，给予每个人最大限度的平等和自由。

这种平等还表现在 Calypso 人妖秀里。由于"比女人还漂亮"的盛名在外，人妖艺人在台上格外卖力，穿着缀亮片的裙子扭着纤腰，曼妙舞蹈。中场，许多人妖举着"free your mind"的牌子走到台下。并没有错，他们无疑是自由的，曼谷也尊重这种自由。

演出结束，他们站在出口送观众，试图招徕游客一起拍照。近距离再看，少了闪光灯和迷离的音乐，他们的声音粗而浑厚，手大过女人很多，骨架亦然。一双双大手伸过来，在半空中上下左右摇摆，厚重的脂粉掩盖不住疲惫和粗糙的复制感。

他们像是矛盾的终极混合体。

内在和外在是矛盾的，永恒和短暂是矛盾的，美和丑陋、精致和粗糙……舞台上的光鲜背后，是自幼起注射激素、是短暂的平均寿命、是终其一生仍无法彻底更改命运。然而此时的他们只是一味专业地笑着，成为极度商业化的产物，微笑、开放，只活在当下，只要当下的美丽。

临走前我们去蓝象餐厅学习煮泰国菜。一栋三层高的漂亮黄色小楼坐落在闹市区。进门是长长的拱形门廊，两边的墙上挂满了明星店长、厨师与名人、政要、朋友、游客的合影。沿着弯弯的楼梯上去，柜子里放的是餐厅出品的肉桂、香料、调味包等。餐厅宣传的是"在品尝中学习"，鼓励客人自己学习煮泰国菜，并亲尝自己烹制的菜肴。

我们坐下认真听。教室很宽敞，不锈钢的宽大操作台，各式锅碗瓢盆和泰国香料整齐地摆在台上。背后和上空都有大而光洁的镜子，方便学员全方位观察厨师的操作。不远处的上方有大大的显示屏和电视。我们每个人获发一个文件夹，里面有简介、菜谱和详细的配料，以及烹饪方法，还有一个厚厚的围裙。

老师是中国人，一个年轻的小伙子，圆脸上带着放松的笑容，告诉我们他很早离家来泰国学习泰式料理，距今也有十年了。材料也是中文的。我们在中国老师的引导下，整个下午都在看他亲手煮食示范，赞不绝口地品尝他的菜肴，再冲去隔壁厨房用独立的锅依样画葫芦。

早已吃饱，然而结束时餐厅却告知，我们自己煮的食物已经在餐厅准备好，做了标记，邀请我们去楼下品尝自己的劳动成果。很惊讶地发现自己的劳动成果并没有那么好吃。鱼没有味道，汤又太咸，甜品则像一盆水果汤。

于是，感叹平凡之中的功力。看似简单的炖煮，却有着巨大的差别。只是几种简单的香料，却需要多年的练习。我们和圆脸小哥做着一样的操作，食物的味道却相去甚远。

世俗而热烈，真诚而喧嚣。繁复的、向上的、自由的、黑暗的……这些都是城市的功底。漫步曼谷，我们喜欢这座真实热烈的城。

蓬莱

离开小岛的日子

心之所见皆幻影

公元 1085 年,四十八岁的登州知府苏轼写了《海市诗》:

东方云海空复空,群仙出没空明中。
荡摇浮世生万象,岂有贝阙藏珠宫。

诗中所说的就是当年的登州府,今日的蓬莱。那年苏轼赴任登州五日便需启程回京,却在临行前见到了传说中的海市蜃楼。一如许多文人墨客,他也为蓬莱仙境作了一首诗,激动的心情溢于言表。

初到蓬莱那年,我只有五岁。记忆中的蓬莱阁有着精巧的双层歇山顶,盘绕着回廊,整个阁子仿佛从陆地径直探进水中,阁是浮在水上的梦境,水是拥着阁的回忆。那时的阁子回廊里有高高的红色石柱,一楼的屋子里画着八仙的壁画,满屋的衣带飘飘,仙影重重。坐在荷花上的仙人、骑着毛驴的仙人、拿着拐的仙人、提笔作诗的仙人……影与影之间,壁画里的神仙们觥筹交错,其乐融融,跃跃欲试地想一展神通,渡海升仙。

我一个人跑上楼,站在傍晚的夕阳里,水面被映成温柔的红色,波浪静静地环抱着这座探入水中的阁,像哄睡调皮的孩子。阳光寂静而又柔和地透过阁子红色的窗棂,洒在屋子的地上,像一个个金色细碎的梦,被轻轻打散,光影在地面上跳跃闪烁,变幻着颜色。隐约可以见到屋里的雕塑,仙人们或坐、或卧、或站立、或谈笑,蓝色的淡紫色的裙裾仿佛被风吹拂,飘飘然的样子。夕阳将雕塑也蒙上了一层淡淡的柔和的光影,栩栩如生。

后来读书,亦多见蓬莱。《山海经》里说:"蓬莱山在海中。"《列子·汤问》记载道:"勃(渤)海之东有山曰蓬莱。"

诗人甚至写道:"听望之中,恍不知神仙之蓬莱也乃人世之蓬莱也。"

再次游蓬莱,是寒冷的冬季。海面上涌起缥缈冰冷的海雾,白色的海涛裹挟着凛冽的风拍在阁边,浪于是散开,退回水中,少顷,又是一波新的寒冷的水,在风中不断拍打着墙和堤岸,轰轰的声音,像是冬日里成千上万座山中积雪坠落的回响。

雪是不断飘落的,天地间满是白茫茫的冰冷,雪落在海面上只是一个无声的白点,转瞬间就消失不见了。远处的海面只是白茫茫的一片,无边无际,通往茫茫浩瀚的远方。雪落在阁上,慢慢堆积起来,渐渐结成了冰,冰上再落积雪,白皑皑的一片,阁子仿佛变成了晶莹剔透的白水晶。走在路上,满是冰雪的痕迹,连树木都是白色的,叶上挂着尚未坠落的冰晶,在冬日的日光中反射着光,连光的颜色都是冷的。

此时的我站在二楼的避风亭。亭子三面都是冷冷的墙壁,唯独面对苍茫碧波的一面没有任何遮挡,外面的雪花纷纷从眼前飘落。神奇的是,亭子虽无门窗,却一丝风都没有。静静的,碧波亭面对苍茫大海,立于悬崖峭壁之上,从崖下吹来的海风却就此停住了,只剩下整屋的石刻伫立在冬日无风的亭子里。两百多个石碑,有的年代久远已经模糊不清,却似乎可以看到它们的创作者提笔作诗的样子。避风亭里的蓬莱是诗人的,千百年来,他们不断编织着一个有关仙境的梦。更巧的是,这梦,连风都无法动它分毫。

于是想起蓬莱,一片小小的阁,却给了帝王、文人、武侠、将领各自一方寄托。因为海市蜃楼,蓬莱成为传说中八仙过海的背景。秦始皇派人在这里采集药草,汉武帝第五次东巡来到此地,"于此望海中蓬莱山,因筑城以为名。"奇峰突起、层楼叠显的背后是现实中所没有的迷幻。

文人认为蓬莱是虚无缥缈的人间仙境,摈弃俗世的功名利禄只留下美景、长空、皓月和碧波的一方净土;武侠大师认为蓬莱是群仙修道之处,这里缥缈高远,凡人未可涉足,蓬莱派的传世奇功因而隐于茫茫海上;帝王相信这里是长生不老的仙境,仙草使人忘忧,仙丹渡人长寿,老迈的身躯留恋着人世,蓬莱便是续写故事的最佳注脚。

而险要的地理位置更让蓬莱自宋代起便成为海上边防重镇。出生在这里的戚继光写道："封侯非我意,但愿海波平。"他从这里走出去,抵抗倭寇,保故土海境一片清静平和;冯玉祥在这里留下"碧海丹心"四个大字。兵船在蓬莱阁下操练,日日与落日霞光为伴,士兵们也许望着朝夕昼夜间不断变换的美景,幻想着海上的仙境。

然而,大多数人还是离不开人间,去不了仙境,忘不了心中的故土。

夏日里的蓬莱阁是最美的。六月的海面美而清澈,晴朗时能见度很高,周围的岛屿若隐若现,像漂在海面上的斑驳梦境。天是深蓝浅蓝的过渡,点缀着缥缈的云,阁子有着美丽的棱角,被天幕衬托着飞檐的妩媚,每日的朝阳落日都淡淡挂在城墙上、瓦沿下,在亭外的海里投下或深或浅的红色。整个阁子都氤氲在一片迷蒙的水汽之中,绿的是阁中的树木,蓝的是阁后的晴空和碧波。

然而,苏轼早就说过,"心知所见皆幻影,相与变灭随东风。"阁子终究还是那个阁子,这里的故事太多、过去太繁杂、寄托太沉重。我们每个人站在这里,眼睛看向阁子,却大都只是从中看到我们想要看到的轮廓。我们的影子渺小而飘忽,却寄望海市蜃楼是仙人的足迹;我们希望遍寻长生不老之灵丹妙药,便寄望这里存有海上仙山;我们期冀放空自我,远离俗世,便来此处凭栏长眺,诗词歌赋赞颂缥缈美景。

从某种程度上说,我们每个人见到的蓬莱都只是自己希望见到的那个影子罢了。现实之中找不到的、实现不了的、悲愤难耐的、十分渴求的,纷纷来仙阁寻一个踪迹。然而,像是幻影,我们映射了自己的梦在这庭阁之中,那梦也只不过是一缕烟云,过去了就散了。

明天依然有亘古不变的阳光洒下来,照耀着这一方亭台楼阁。时光照样流转,换的是游人和歌咏者,不变的是各人心中的那个幻影。

重庆

离开小岛的日子

重庆小记

（一）洪崖洞

周日，已过晚上十点。重庆下起了小雨，洪崖洞被一层细密的雨丝笼罩着。像是一幅颜色稍显黯淡的蜀绣，夜里的楼阁成了绸缎上灰暗影子的图案，雨丝做细密的针脚，一针一线勾勒出依傍山势的建筑群屋檐和外墙的形状。

仍然有三三两两的人群，走路的时候脚踩在一汪浅水中，发出细微的"噗噗"水声。明天就是工作日了，此刻没有什么比一场略带凉意的雨更能让人想回归温暖的家的怀抱。

然而，九楼的小木屋里此刻仍然座无虚席。人们喝着茶，散漫地聊着天，听着长发歌手闭着眼睛哼出的调子，是略带忧郁的男低音，《南山南》：

> 你在南方的艳阳里，大雪纷飞
> 我在北方的寒夜里，四季如春
> 如果天黑之前来得及，我要忘了你的眼睛
> 穷极一生，做不完一场梦

不远处有狭窄的石阶，盘旋着通往底层的小花园。旁边是巨大的石壁，一股水流顺着墙壁缓缓淌下来。因为下着雨，把写着"洪崖洞"三个大字的石刻也打湿了些。几个年轻女生抱成一团，笑着，用长长的自拍杆拍着合照。

不远处的小特产商店里，中年女店主打了个盹，头微微向前晃了晃，突然醒了过来，仍然微微眯着眼睛。

临近午夜。远处的江面早已起了雨雾,看不真切,一片白茫茫的样子好像浩荡江水翻滚着正一层层涌上江面来;又像是一层舒适的被褥,呵护着河流安然度过雨夜。

(二)夜游两江

水是重庆的血脉,是连接着山城和外面世界的流动着的纽带。长江和它的支流嘉陵江环抱着这座山城,沿着河流的船只如云般汇聚到这条黄金水道之中。这座内陆的山城就这样成为吞吐西部大千世界诸多流量的一个点。大大小小的船只在这里靠了岸,看着江边夜色里闪烁着的万家灯火,想起自己远方故乡的亲人,不知不觉就是一整夜。

有水有人的地方就有江湖。水流每天带着无数的故事缓缓流去,第二天就是新的流水,新的船只靠了岸,带来新鲜的故事和货品。记忆带不走的水流可以冲刷掉,不留痕迹,周而复始。

朝天门的码头永远是热闹喧嚣的。大大小小的游船停靠在这里,循着密密的时间表等待熙熙攘攘的游人登船,慢慢绕着城市转一圈。到了夜里,"女皇号"和"皇宫号"灯光亮起来，整个船身都密密装了彩灯，船顶做成宫殿一般的重檐，像是花灯出行里的道具船似的，无数色彩喧扰地在夜幕中叫嚣。

几十分钟的时间里船就逆着水波，翻越河流两岸的层峦，翻阅沿江的无数夜幕里的灯盏，一眨一眨像是空中的星。有时经过大桥，就从那横跨辽阔江面的混凝土建筑下面仰望着，像是孩子看摩天轮般看着一条近乎笔直的线架在两岸之间。

也看高而明亮的建筑群，自身的轮廓像巨大暗色的兽，唯独身体之中却是闪闪发光的，万千灯火就从兽的身上亮了起来。

你站在桥上看风景，

看风景的人在楼上看你。

卞之琳在《断章》里如是说。

很快就有邮轮迎面驶来，有十几层，隔成一个个小房间，远远看去像是一个个孤单的格子。透过白纱窗帘可以看到里面像酒店一样的床和沙发。人们都涌到自己房间外的小阳台上，站在那里，夜色里四处张望，

游船上的人们也看着他们,之间隔了浩渺的江水,却有着相似的孤独感。不知是谁先挥了一下手,大家就都互相招起手来。在流动的江水之中相遇,彼此都栖身船上的小隔间中,对比浩瀚天地是如此狭窄的一隅。

人类的奋斗已经持续了几千年。也许还会继续,为了更大的房子、更好的位子,归根结底只是更多的空间而已。

(三)瓷器口古镇

瓷器口古镇一半像丽江,一半则像普普通通的山城夜市。

像丽江的那一半有大大小小的酒吧,开在楼上楼下,修了木质的梯子和屋顶;请了带有流浪气息的歌手,白日里也会有低沉的歌声缓缓飘出来。

灯光是暗色系的,售卖的是印着猫咪头像的笔记本。可以买一张明信片,从店里缓慢寄出去,然后隔着千山万水,路远马遥,到达那个人的手中。

生活在快时代的人们欣赏慢，觉得"慢"已经是一份让人感动的执着情意，仿佛"不忘记"已经是隔了时光的幸运。慢寄的明信片让人感动，慢节奏的古镇让人神往，慢格调的生活让人闭上眼睛如坠梦境。

也许古人也如此憧憬快节奏的时代。人来人往的时间洪流中，你能记住我，已然不易，更加值得珍惜。

一个年轻男生开了一间猫舍。折耳猫微微闭着眼睛睡在凳子上和沙发边；也有几只围着店里的客人不住转圈，小尾巴悄悄缠绕在来者的腿边，也不叫，只偶尔停下来打量一下门口的方向。男生只有二十岁出头的样子，有几个女生在店里看了很久，脖子上挂着大大的相机，抓拍猫咪的一举一动。

古镇的另一半则是喧嚷的小吃街。大串的肉串在火上烧得嗞嗞作响，肉上的油一滴滴落下来，香气就窜出去很远。空气里都是麻辣的味道，酸辣粉和小面摊就在鸡杂店旁边，要一碗小面，在碗里堆出一个火红色的辣椒尖儿，下面的面也被红油一起染成红色。麻辣的香气就和柔韧的面味一起顺着热气飘散到眼底。

一大锅锅盔在极大的铁锅里滚动着，被炸成金黄，随后又烤了一会儿。麻辣的牛肉馅料漫漫溢出油腻的气味，那味道又被外层的金黄色面皮吸收，有一种酥脆筋道的口感。

古镇的这一半是世俗而又热辣的，是活脱脱的山城人们生活的影子，是麻辣鲜香的每日循环往复。

古镇因这一半而年轻着，仿佛永远散着香气，永远攒动着密密的人流，在陈麻花店前面，在臭豆腐摊位旁，在卖特产的街角小店里。

（四）印象武隆

"印象武隆"选在武隆的一座大山之中进行。因为四周环绕高而陡峭的山岭，游客都是从一条隧道进山。隧道穿山而建，岩壁上挂着从前的船夫拉着船只唱号子的黑白照片，都是低着头，身体前倾，几乎没有表情，动作却惊人的一致。

场地里依山势摆放着一排排的椅子。表演场地是山里的一片谷地，却只有小小的一片，对面就是连绵起伏的群山，高而陡峭，只有斑驳的绿色影子，夜里疏疏浅浅地倒映在山石上，像是树木，又像是夜里渺茫的云朵。暗绿色的树林，被天空中的繁星映衬得愈发暗淡了。

演出主要是以船夫号子和本地风俗为主题。看过"漓江印象"，知道"印象"系列一贯因地制宜，把灯光、表演、本地风俗和山势风景极好地搭配在一起。武隆也不例外。

灯光把山头映衬得如水一般。座位下的一小片空地竟可以在灯光的作用下变成一汪江水，时而汹涌澎湃，时而波澜起伏。对面的山上也亮了灯，竟修出了曲曲折折的路，一路有表演者站在大山之中，看起来像是站在悬崖峭壁中。山顶也有光和色彩。灯光亮起来的时候，大山成为一个硕大的故事背景，变换着的色彩，制造出挑山工、船夫号子们的大河和山川。

征途就是星辰大海，浩瀚得没有边际。一座山竟是河流、是湖泊、是船只的背影、是挑山工的归途、是出嫁女儿忐忑的心情、是船夫号子的回音壁。

是一整个大山和河流的世界。

（五）十八梯，此处正在拆除

"再见，旧时光。"十八梯明确地对断壁残垣说道。

去年上映的电影《从你的全世界路过》里依然能看到完整的十八梯，曲折的小台阶上上下下都有本地人生活的影子。人们在山道两边开了小小的摊子，卖凉粉也卖小面。重庆的本地人早上起来，慵懒地吃一份小面，老人就在老房子门前坐着纳凉。

然而，当我们再去的时候，整个区域已被绿色遮盖起来。隔着重重的帷幕，里面更像是砖瓦密布的废墟，从前的梯子再也看不到了。

那些老旧的房屋，那些斑驳的石阶，带着很多人童年和少年时代的回忆，全都变成废旧的砖瓦，变成一块废墟。

区域正在改造，周围已经有高大的现代化小区和五光十色的商圈。老房子自然也敌不过被拆除的命运。

"拆除是为了区域更好的重建,是为了更好地还原十八梯的风貌,还原老重庆的风貌。"我们这样被告知。

仍有坐在路边的老人家,开了简单的理发铺子。在写着"拆除"的绿色帷幕边上,十八梯小面和十八梯火锅仍然在缝隙里打出硕大的招牌,像是顽强的小草渐渐抽芽。

不远处仍然有小面摊子。上了年纪的老伯一起坐着,背对着绿色的高高围墙。

梯子拆了,而生活还在。

长沙

离开小岛的日子

书院、亭子、工夫茶

我们坐在岳麓山索道上的缆车里。一个个陈旧的车厢探出天线细密的钢缆，纵横交错地挂在天空中的轨道之上。人就像吊在空中的巨大蚕蛹之中，蚕宝宝一样在空中悠悠荡着，向山脚下移动。

脚下的空间徐徐展开。越过一个山头，视野渐渐开阔了。橘子洲像是水面上的一层绿色浓雾匍匐于江上。岛上树木郁郁葱葱，像是黄色江水之中涌起的绿色梦境。隐约可见岛的尽头巨大的毛泽东雕像，此时只是从氤氲的绿色浓雾中露出了小小一角，若隐若现。缆车很快又转进一座大山的拐角中去了。

我承认自己是害怕的。刹那间仿佛荡在山间树木之上，高高挂在树梢之上十几米的高空。那一刻，我才发现自己的渺小。从高空向下看去，并没有登高远眺的诗意，只有脆弱的人类，在下午阳光中坐在来来往往的天空中升腾着的气泡般的车厢里。

大概只有离开地面才会怀念土地的坚实，只有离开故土才会怀念故乡之宁谧，只有遇到危险和疾病才会明白平日之平和宁谧之宝贵。

这个道理我现在才明白。

（一）雨夜

抵达的夜晚下着雨。出了机场已经晚上七点。雨刷擦在出租车挡风玻璃上，发出单调的"哗哗"声，仿佛旧时老式钟表那种漫无边际永不停歇的声音，一拍一拍，催眠曲一般。

路上的风景渐渐模糊，有许多低矮的小房子，在雨里隐了轮廓，只有方正的屋顶在夜色中和树木一起慢慢显现出来，立刻又不见了。

市中心的步行街仍然是灯红酒绿的样子。KTV外闪烁着五颜六色的招牌，巨大的音响播放着湖南卫视一些节目的录音——鼓声和歌声应和着，LED显示屏上，年轻的歌手穿着霓彩服一样的小裙子正跳着舞唱着歌。

街边几个行人正在排队买糖油粑粑和臭豆腐。弄堂里的湖南餐厅马上就要在九点钟下班。服务生脸上略带疲惫的神色，很快就把菜上齐了。门外传来清洗碗筷窸窸窣窣的声音，还有清点物品时嘻嘻哈哈吵闹声——这个城市很快就要进入自己的时间段了。长沙人有着独特的慵懒和闲散的兴致。一天之中很长的时间是留给自己的。

我这样想着，眼睛仍然望向窗外的KTV。一条街上开了三四间，全都有硕大的屏幕和震耳欲聋的音响，整条街仿佛都被绚丽的舞姿和恣肆的歌声笼罩了起来。人们陆陆续续走进KTV，年轻的情侣、醉酒的男人、拖家带口。年轻的推销员站在路边，努力地将一张张传单塞到人们手中，脸上带着有些疲惫的微笑。

我看看餐厅墙上，民国时代的老照片和徐志摩的诗贴在一起。很偶然的，有他在《致梁启超》里面的诗：

我将于茫茫人海中访我唯一灵魂之伴侣；得之，我幸；不得，我命。

（二）岳麓书院和山林中的爱晚亭

湖南大学校园里有一座巨大的毛泽东雕像。姿态是站立的，双目注视前方，神情严肃而温和，身姿伟岸。

旁边就是熙熙攘攘的大学小吃街。无数学生捧着书本和电脑每日从雕塑旁经过，戴着眼镜的女生，穿着短裤汗衫的男生。路边是一个个挑着小扁担的水果小摊贩。夏日打开扁担，是深紫色的桑葚，一个个洗好了放在塑料透明盒子里。

顺着大路一直走，山林渐渐浓密。绿色的树木笼罩了前方大部分视线，

满眼都是深深浅浅的颜色叠加，像是走进绿色的海洋。前面一个拱檐的小亭子，铺着灰绿色的砖瓦，门前挂着"岳麓书院"的匾额。才知道原来已经到了。

始建于北宋开宝年间的岳麓书院经历了千年的变迁。朱熹、张栻、王守仁等人纷纷在此讲学论道。至清代光绪年间，改为湖南高等学堂，自此书院也成为中国古代四大书院之一。

书院有大门、二门和讲堂，沿着中轴线是主建筑，也有很多古代题字的碑刻和拓印。旁边几个偏僻的院落正在整修，搭建了脚手架，几个工人里里外外忙碌着。沿左侧的一个小院落向内，院中遍栽竹子，一簇簇竹林伫立于水旁，肥大的锦鲤就在池中缓慢悠闲地游动。

再往前走是更多的竹林，成片连起来，竹海在风中发出簌簌的响声。北方也有竹林，但更多的不是秀气，而是俊朗。北方的竹海是浩瀚磅礴的，这里则是秀美而又飘逸的。

过了前面的小红门，就是爱晚亭。

爱晚亭在一片枫林之中。近前有几汪池水，远处是苍茫的大山，泉水从山中奔腾飞驰而下，山涧空谷中发出阵阵水声。

亭子来源于杜牧的七言绝句《山行》。此处三面环山，面对亭子的地方却有一块平坦的空地。因为四周遍栽枫树，秋日时节层林尽染，小亭子像是海洋之中的一座小岛，默默漂浮在安稳的洋流之中。我们来的时候是春天，漫山遍野的树木都绿了起来，天气却不热。

听说亭子原名"红叶亭""爱枫亭"，后来因为了那首诗改名为"爱晚亭"。

热爱红枫与晚霞，大概也就是热爱这个世界中的多彩颜色与美丽景致吧！绿山之中，能在日落时见到漫山遍野红色的枫林和火红的天际，看到夕阳坠入茫茫云海，大概也会觉得快乐，期待第二天的到来。

（三）茶店

长沙的茶店多到令我们吃惊。

最有名的大概是本地的"茶颜悦色"。在长沙几乎几步一间，每间都大排长龙。茶店打的是传统中国茶的招牌，却有"拿铁""马卡龙"这样的洋范儿选项。店面设计得很是可爱。我们在商场中的小店坐了一会儿，要了一杯乌龙。小店的玻璃门内有精心设计的木桌和椅子，有一只淡蓝色的小鹿，骄傲昂然地扬起头来，身上是一片片大小栀子花的颜色。

茶不浓，加了很多鲜奶，有厚厚的奶泡，喝下去有中国传统茶叶的鲜香。包装杯子上写着"知乎茶"，也印着一片淡蓝色花朵的图案，像是小鹿身上的那种。

后来我们在街头又看到了各种各样的小小茶店，有纸杯的，也有透明塑料杯的，有珍珠奶茶、乌龙茶，也有水果茶和柚子茶。水果茶大都是大颗新鲜水果切好片，放在透明杯子中。加水后，五颜六色的芒果、柠檬、橄榄就浸泡在水里，新鲜愉快像是夏日里清凉的一阵风。有的茶店还有自制的茶包可卖，放在颜色鲜艳的茶罐里面，像是售卖一个个五光十色、香味浓郁的梦境。

我们又想起第一晚雨夜时的臭豆腐店和在岳麓山畔看到的茫茫大山，觉得长沙真是一个神奇的地方，有漂亮的茶店，也有味道浓烈的臭豆腐；有水中葱葱郁郁的橘子洲，也有茫茫大山和葱郁的树木；有毛泽东硕大的雕像，也有千年书院中众多的书法拓印。

它像一个谜团，我们却记得坐在高高索道上的那一刻。

那一刻，长沙城像一个慢慢伸展开来的巨大的未知世界，漫无边际地匍匐在缆车下方。我们像是蚕蛹飞扬在空中，向着山脚的方向，慢慢移动。

上海

离开小岛的日子

故 地 重 游

交大一年委培结束后我离开了上海。但每年都会回来几次,每次回来都有回家的感觉。

上次到上海时刚过完年,还在正月里。整个城市笼罩在一层湿而冷的雾气中,像是被加了干冰后盖上盖子。风也是冷的,虽然不下雪,刮在脸上的感觉像是小刀子,刀锋一点点落下来。

我吸了一口空气,顿时一股冷气倒灌进肺里,刺得五脏六腑火辣辣的痛。没错,这就是记忆中上海的冬天了。

记忆里上海的冬天很难挨。大家说着"住在交大",但当时学校没有空调,也没有暖气。南方的冬天潮湿阴冷,几个人就在这样的寒夜里裹紧了被子,聊着天慢慢睡去。常常也要在这样的天气里五点多起床,天边的云层仍然是黯淡的灰黑色,整理一下帽子手套,盖住有点冻僵的耳朵和双手,搭早班地铁去市区上英文补习课。

几年过去了,上海的冬天一点都没变。

长乐路、巨鹿路的小巷子里仍然开着一间间卖衣服的小店铺和日本料理餐厅。店主跷着腿坐在店里,有一搭没一搭地煲着电话粥。路边的花店把花都收进了温室里。冬天的玫瑰像是灰暗背景中的一抹亮色,看得久了那颜色渐渐融成一片,燃烧起来。新天地田子坊仍然有沉迷酒吧的外国人和小清新。衡山路仍然有冬天萧索的梧桐树,叶子参差地掉了一些,一片片都是褪了色的怀念。

然而我又觉得好多事情都已经变化了。我已经记不得一条条纵横交错的道路要通向哪里。在外滩,我们沿江边走的时候我都要时不时拿出手机导航。

在人山人海的上海，我渐渐不再是归家的游子，而是过客、路人。

我在香港已经住了六年，包括整个大学时代和两年工作时光。香港的近现代史中西洋化的成分更多一些，有西营盘和西环的旧区，亦有香港大学一百多年的老教学楼，城堡一样淡红色的建筑，有砖红色的尖顶和钟楼。太阳顺着建筑的侧面斜照过来，站在平台上仿佛能够看到远方海面上的滔滔海浪。

香港百多年间很努力地洋化，却依然保持了中国的底子。这是走在这个城市时时刻刻可以感受到的。

上海则不然。我在上海只度过了一年的时间，却是极快乐、无拘无束的一年。上海有很多弄堂和小巷子，巷子中间支起错落的晾衣架，衣服和家里的杂物七七八八堆在石库门老房子的巷弄里。远远看去像是交错的迷宫，每一个物件都诉说着小巷的历史，一如本地方言。上海也有租界，有漂亮的带点中西结合风格的小洋房，外面往往有花园，那房子就几层一栋掩映在错落疏离的绿意里了。经常可以看到的名人故居则常藏在小巷弄的背后，只挂一块小小的牌子，毫不张扬。

上海是低调的。上海有涵养，也有中国厚重的历史做底子。

天气冷的时候，我独自一人坐在锦江饭店外的一间火锅店里。因为是在锦江饭店大院里，人也少了许多。清冷的风中还可以透过斑驳的树叶看到外面的街道，一辆满是尘土的白色现代轿车和一辆摩托车，在略微灰白的雾气中一闪而过。

室内火锅热气升腾，房间里是日本榻榻米一样的格式，盘腿坐着，外面的小院里遍栽芭蕉。肉和菜分开放在有一个个格子的盘内，一层层升上去，像是一个五颜六色的旋转万花筒。

这是我记忆中的上海，很多事情都是不断变化的，是新鲜的。然而这又不再是我记忆中的上海。摩天高楼更多了，却暂时没有香港来得井井有条；西餐厅更多了，菜式更加地道，似乎也换成了外国厨子。

上次我来上海的时候，去了迪士尼，觉得在广大的空间中自己变得渺小了好多，变成了沧海中的一个小小的点，不断在觉广的区域中移动，等着买纪念品，看展览。上海迪士尼比香港大得多，还可以乘坐穿梭时空的快车。

不知道再过些年，这里是不是也会像香港一样寸土寸金。迷茫的人们犹豫着买房，然后担负起毕生还款的重任，或是泯然众人地混日子，看着房价不断攀高，默默哀叹当时没有早点买一个小窝，然后活在一次次搬家的阴影中。

然而我还是喜欢常到上海来，甚至喜欢上海周边的城市，喜欢朱家角、西塘，喜欢杭州、宁波、绍兴、苏州，喜欢一个个江南烟雨里的小城。

我不知道如今我是不是仍算是上海的一个过客。年少时候，觉得上海是个花天酒地的大都市，美食、美女、美丽的衣履。现在却越来越把上海当成内地的第二个家乡。

毕竟是有着年少回忆的地方，经过的时候总想去看看。看过去的回忆是否渐渐被淡忘，看冬天里是否仍然有裹着冷风的单薄的灰色雾气，看那熟悉的小街，是否依然如故。

PART 8

二十几岁时,岛上岁月教会我的事

随笔

二十几岁时，
岛上岁月教会
我的事

书当快意读易尽

我性格好静,并不喜欢于野外登山远眺,觉得阳光刺眼,蚊虫叮扰;也不喜欢像同龄人一样K歌、酒吧、夜店轮流转,小野猫一样穿性感黑色吊带裙,只觉得喧扰吵闹只会让人心跳加快,两眼发黑。因为家里只有一架钢琴,久而久之也觉兴味索然。我大部分的课余时间都在读书。于是很早就知道读书的时间像补丁一样,一块块慢慢叠加,每日三两页不知不觉就读完了厚厚的一块"砖头"。那种成就感是我最初快乐的源泉。

开始看的是拼音注音书。因为识字少,书里大部分都是彩图插画,最喜欢的是维尼小熊和跳跳虎的故事,还有小熊吃蜂蜜的段落。我喜欢维尼,有胖胖的淡黄色身体和永不停息的折腾精神,一蹦一跳的样子让我感到欢欣;也看插画版的《动物世界》,因为字少,即使不认识也可以凭图片依稀辨认出小动物的样子。很多年后,我发现自己年逾八旬的奶奶也喜欢看插图版的《动物世界》,不禁觉得衰老的过程也是返老还童的过程,人生只不过是一个首尾相连的圆环,我们只是绕了一个圈子,又回到原点。

我们班在小学一年级是实验班,班主任因而大力推行"看图写字"。当时我们各自有一个硬壳小本子,每天都要剪几幅图片贴上去,再根据图片内容写一段相应的描述文字。我大概就是那时剪坏了家里大本大本的彩印书。因为急于完成老师布置的作业,我只挑书柜里最漂亮的书来剪,又因会写的字太少,往往需要剪很多幅,到写的时候精挑细选自己表达清楚的几幅。小学一年级我剪掉了家里大部分彩图书籍,却只写出一本半是拼音半是歪扭错别字的图画描述。

初中的时候,韩流兴起。记得当时《蓝色生死恋》是全校女生都在追的韩剧,大家仿佛有着大把大把的眼泪和无限澎湃的青春热情可以消磨,甚至在女洗手间里还在三三两两讨论剧中情节,常有女生一起下课后回家"煲剧",哭得梨花带雨。随之,韩国"青春浪漫爱情小说"也在校园中慢慢成为人手一册的大众读物。我亦不能免俗,看完小说《狼的诱惑》,亦觉得当时的心情像那天乌云密布的天气一样,为了帅气男主角的意外心脏病发悲伤不已。

当时我写日记,默默记录下来自己的心情:"像一个无形的大拳头默默敲击着心头,哽咽得说不出话来。"

年轻的时候,人们往往有无限的情感和无处发泄的爱心。那些简单的韩国小说经过中国译者的翻译,变成贩卖浪漫情怀的恋爱故事,通俗而直白,却成为年少时光里唏嘘不已的情感寄托。那些现在看起来毫无价值的景物描写和过于夸张的外形衬托,在当时却使大批校园女生为之着迷。

父母对韩流不感兴趣,更不喜欢这些"青春读物",大概觉得其内容空洞又言之无物,用妈妈的话说就是:"没有很高的文学价值,骗小女生的小说。"而我却固执地沉浸在自己的感动中。

有一段时间,每天会听到身边的女生们谈论《那小子真帅》的片段,仿佛一棵狗尾巴草在心里蹭啊蹭的,又像是一个个美丽的泡沫,年少的岁月那么长,女生们一个个还像丑小鸭,远远不知孵化的日子何时到来,只能看到眼前摞成厚厚一堆的作业簿。韩国小说和韩剧像是杂草丛生的荒芜世界里的一丝奇异而又明媚的光,即使只有一线希望也要努力靠近,仿佛这样就离长大更近了一步。

终于,我也在放学时在校外书摊上买了一本《那小子真帅》,悄悄背在书包里。初中,我们每日都要背着沉重的大书包,没人知道书包夹层里多了一本小小的书。可回到家就有些麻烦了,妈妈时常会突然敲门进来,给正在写作业的我送水果、牛奶和消夜。于是我把小说藏在厚厚的作业簿下,平时用作业盖着,看的时候就把作业簿稍稍推开一点。可这样可以看到的字数毕竟有限,遮来遮去麻烦得很,时间久了,索性把书摊开在桌子上读。

这时门突然"吱呀"一响,妈妈端着水果进来了。我慌忙把书扔进抽屉里,下次再看的时候就开着抽屉,胳膊肘支在抽屉边沿上,把眼睛探过去看抽屉里的书。妈妈第二次进来的时候,我也不慌张,仍把胳膊那样支着,照旧写作业。

没想到妈妈见状笑道:"妈妈以前也喜欢这么写作业,觉得胳膊舒服。"我至今仍觉得妈妈出门前回头对我眨了一下眼。也许是我多心了,她或者真的是喜欢把胳膊支在抽屉上读书,并惊叹于遗传的力量。

再后来,韩流渐渐退潮,日本漫画风靡整个校园。初中部的每个女生铅笔盒上都贴着流川枫和樱木花道的小贴纸。我们还买宠物小精灵的卡片,因为抽到什么都是随机的,皮卡丘又相当少,拿了皮卡丘的小伙伴往往会幸福地跳起来,任身边的同学拿一摞卡片交换都不点头。

那时我看了很多《灌篮高手》的漫画,都是夜里悄悄窝在被窝里,开一支手电筒看。时间久了,胳膊肘就麻了,眼睛也开始痛。手电筒微弱如豆的灯光仿佛夜空中一闪一闪的萤火,朦胧中总幻想自己置身于微弱的星光之中。就这样睡了,第二天醒来被子里还有书和手电筒。

我也买宠物小精灵的折纸书,书里密密麻麻用小字写了各个小精灵的属性和攻击力。我极开心地折了一百多只小精灵,排摆在书桌前面。后来渐渐丢掉一些丑的、攻击力差的,还有一些送了人,只留下皮卡丘和小火龙。

童年时代痴迷于日本漫画中的洒脱和天真,喜欢那些坚持的勇气和不服输的力量,更喜欢那些天马行空的世界。后来抵制日本文化就不再看类似的漫画,却一直保有温馨的回忆,觉得那一页页漫画书温暖了我很长一段时光。

之后,我到了香港,这里不再抵制什么文化。我也很少再看日本和韩国的书籍漫画了。我想这大概是我们90后一代成长过程中的共同回忆。过了那个时间段,回忆也就只能是回忆了。

家里有一个大的书柜,两米多高,贴墙按照天花板高度做好的。里面密密麻麻摆满了书,大部分都是成套的文学名著。外国名著是统一的蓝色封面,中国名著是统一的红色,还有一些我自己的书籍和爸妈大学时的课本。我因此磕磕绊绊读完了大部分的蓝色外国名著,大部分是囫囵吞枣,只为情节,但有时也会因为几个句子停留下来。

"Later, respectively, wander and suffer sorrow."
"从此,各自飘零,各自悲哀。"

很多年后,我仍然记得《飘》里面的这一句。后来,读付东华老师的翻译版本,读到"她的眼珠子是一味的淡绿色,不杂一丝儿的茶褐,周围竖着一圈儿粗黑的睫毛,眼角微微有点翘,上面斜竖着两撇墨黑的蛾眉。在她那木兰花一般白的皮肤上,画出两条异常惹眼的斜线。"

那一刻,我又记起童年时代的大书柜和曾经读过的《飘》。仿佛什么都忘记了,又仿佛什么都仍在脑海里。一直到后来高中毕业,我去香港读英国文学,仍然常常惊讶于这种奇妙的精致对应。很多句子都没见过,但读到英文版本的时候,那一句话就从脑海深处跳了出来。

书柜里的红皮书大都是古文书,包括《史记》《诗经》《汉书》《后汉书》等。因为读起来慢而艰辛,我看得比较少。

唯一一次记忆深刻的是看电视剧《昭君出塞》,里面的辽阔草原上骏马奔腾的样子,清脆的马蹄声回荡在绿色的山谷里,无数马匹带出一阵扬着尘土的风。这时我才肯翻出《史记》来,读《匈奴传》。其中印象最深的一句是"匈奴骑,其西方尽白马,东方尽駹马,北方尽乌骊马,南方尽骍马。"仿佛整个草原重新回到眼前,那些从四面八方奔跃而出的马匹带着骄傲的嘶鸣声,带着古老游牧民族的故事,隔了千年又重新从书本中完好无损地跃入眼帘。我一直对草原保存着一种美丽的幻想,觉得那里一定是牛羊成群,颜色各异的马儿潇洒地从四面八方聚集起来,四处奔跑。

高三的时候因为准备高考,读的大都是《议论文素材库》等作文导向的文章。读之只觉味同嚼蜡,但为了写好作文只好继续读下去。其间唯一没有放弃的则是《哈利·波特》系列。从第一部到最后一部《死亡圣器》,全都读了好几遍。大学时,我在加拿大多伦多附近的小城 Kingston 做交换生。冬日寒风刺骨,寒夜不知不觉有厚厚大雪飘落,早上一出门,迎面一个白茫茫的空灵世界。那段时间,我读完了七部《哈利·波特》英文版。后来在加州环球影城看到哈利·波特主题的城堡仍然觉得无比熟悉。那是一个奇妙的魔法世界，给冰天雪地寒夜中的我无限的快乐和遐想的天地。读书的时候，其他一切都消失了，那些思念、辛苦、寒冷、离家万里的孤独，都置换成几个少年关于爱和勇敢的挑战。

再后来，我想考托福和GRE，读了很多英文原版书。那么多部小说里，我最喜欢《了不起的盖茨比》。

"So we beat on, boats against the current, borne back ceaselessly into the past."
"为此，我们将顶住那不停地退回到过去的潮头奋力向前。"

多么无谓的挣扎，然而却是我们每一天都在做的事情。我们奋力向前，却不免时不时被带回到旧日的浓荫里。往事只是蛰伏着，却永远不会消失。而我们，只是向前，只有向前。读到这句话之前和之后，我都曾抱怨过求学和生活的辛苦，却永远在想到这句话的时候不由自主地微笑。

"Yet high over the city our line of yellow windows must have contributed their share of human secrecy to the casual watcher in the darkening streets, and I was him too, looking up and wondering. I was within and without, simultaneously enchanted and repelled by the inexhaustible variety of life."

"这时，天色已经暗了下来，我们这排高高地俯瞰着城市灯火通明的窗户，一定让街头偶尔抬头眺望的人感到了，人类的秘密也有其一份在这里吧！我也是这样的一个过路人，举头望着，诧异着。我既在事内，又在事外，几乎被永无枯竭的五彩纷呈的生活所吸引，同时又被其排斥着。"

有时，我想我也像盖茨比一样，曾经无数次作为一个过路人，眺望远处依稀的灯火，幻想这里曾经发生了什么，在遥远的地方又发生着什么。我也曾经无数次被远方吸引，觉得远方才是异彩纷呈之所在，是永无枯竭的变换的色彩。然而，有时又觉得山长水远，离家千里，被一种陌生感笼罩着，仿佛永远生活在变化和不确定中。

在港大的这些年,读书成了永不停息的生活的一部分,是作业,也是兴趣,更是写论文的素材。每每埋没在无穷无尽的论文和考试之中时,我都想起从前闲散读书时的快乐,觉得痛苦和快乐是相辅相成、互相转化的。

读了那么多年的书,总能在执书的一刻安静下来,觉得书赋予了生命诸多意义,在书中可以去许多从未去过的地方,活在许多个自己从未有机会体验的生活中,可以去探索、去倾听、去拥抱那些没有尽头的未知与可能性;觉得读书就是在与无数个过去的智慧的头脑对话,去聆听他们的经历,听他们的叮咛嘱托,然后在自己的生活中燃烧起从未有过的勇气。

唯一的遗憾就是好书往往很快读完,之后就陷入长时间的沉思和不甘心之中。希望作者继续写下去,最好永远不要有文末的句点。然而,还是有自己的生活,有漫长的路要走。于是想起那句诗:"书当快意读易尽,客有可人期不来。"我承认,好书很快读完和挚友不能常常相见是人生中不那么快乐的事,然而在快乐时尽情相聚畅谈,在有好书可读时认真读下去,人生也就多了很多期待。

小 确 幸

你会不会在某一瞬间因为一些细微的小事而感到幸福?

就是那些生活里小得不能再小的琐碎温暖的感动,却能让你在一瞬间嘴角微微翘起,觉得心里一下子亮了起来。

也许只是在某个晴朗的夏日午后,天气竟没有那么热,收音机里放着好听的英文歌。你听着那旋律,早已对节拍音符熟稔于心。如果刚好在读一本书,夏日的阳光热辣辣地照在纸面上,在开了空调的房间里慵懒地躺着一页页翻过去。

也许是在某个北方的雪夜。夜里空气渐渐凝固,大片大片的雪花就这样纷纷扬扬飘落下来。窗外是浓重的黑暗,风中夹杂着淡淡的白色落雪,一黑一白两种色调在寒冷的空气中终于达至某种平衡。你知道将是漫长的一夜,明早一切都将笼罩在一片寂然无声的白色之中。于是,你拿起一部一直想看的小说,一瞬间竟忘记了时间,一任窗外雪落无声。

我的小确幸是和小胖子一起在美国西部开车。车辆穿行在蜿蜒的公路上,一路是漫无边际的荒漠。我只是在副驾驶座上盘腿吃薯片,有一搭没一搭地和他聊天,看窗外的黄绿色荒原和土灰色电线杆,看太阳渐渐从东边转到群山的背后,再一转眼就不见了。

也是一起在洛杉矶吃过早饭后上路的那一刻。之前淅淅沥沥的小雨突然停了,前方公路的一角竟然挂上了一道彩虹,七彩的弧度连接远方不那么清晰的房屋和朦朦胧胧的地平线,像是灰蒙蒙早晨中一道奇妙的光。

还有在瑞士。早上起来的时候在餐厅能看到刚刚发亮的天空和远方连绵的雪山,山顶覆盖着皑皑白雪。人仿佛变得小了,变得虔诚了。冬日里,就这样看着起伏的山峦,像是面对一幅风景画。有时在瑞士能看到日内瓦湖面上刚刚升起的朝阳，映衬得万物都染上了一层淡淡的金色，湖水像是镀了一层薄薄的金箔般熠熠生辉。

在旧金山，冬夜刮着刺骨的风。我们去吃冰激凌，之后开上一座小小的山坡，一瞬间整个城市出现在山脚下。闪耀着的万家灯火，一串串灯光拼凑成整个城市的轮廓，蜿蜒的街道布满了视线里的山谷、平原和山坡。在上午刺眼的阳光里开车到山上看金门大桥，热辣辣的日光下看那红色的桥梁卧于水波之上，平静美好，却又壮观辽阔。

在悉尼，和好友与睡熟的考拉合影。它背转过脸，睡得正香。本以为只能拍到考拉的后背，却在相机开始工作后发现它竟然慢慢转过身来，却依然在熟睡，小爪子紧紧抱住大树，像足婴儿。

在凯恩斯的黄金海岸，和好友买一杯咖啡，坐在人行道边的长椅上聊天。旁边一个两三岁的白人小男孩，跟跟跄跄跑过来，送我们一人一朵粉红色花朵，小小圆圆的手掌把花攥得紧紧的，直到把那花放到我们手中。

在澳门的"威尼斯人"吃到刚出炉的蛋挞，挞皮松脆，挞馅浓香，吃到嘴里有点烫烫的外酥里嫩的口感。

在香港，周末去看新上映的大片。看完热场预告片，当电影第一个画面出现时激动和期待油然而生。这一刻，终于可以放下自我，去电影中体验另一种生活。

我仍然记得在巴黎的一晚，偶然从窗户中望出去，竟看见夜空里的月亮发出淡白色的光。旁边的建筑露出尖尖塔顶。夜空，月亮、摩天轮和建筑的尖顶就这样静默地挂在那里，仿佛在空中，又仿佛只是在遥远的地方。

那是一种令人惊讶的安谧的力量。整个天空就像一首安眠曲，有月亮、建筑和摩天轮的一角陪你入眠。

如此种种往昔的片段，虽非惊天动地的瞬间，也没有什么大到可以令生活改变的力量，却温暖了我漫长的岁月，在很长时间以后想起来，都会微笑。

因此，我相信生活里的小确幸。生活不需要那么多惊天动地的大事件，也不需要每个人都懂你。也许有时候生活很难，有很多挑战，又不总是顺利。我们大概每个人都收集了很多这样的瞬间吧！

那种只要想起就会笑起来的瞬间。那种只属于我们自己的回忆。每个人都有自己的小确幸，那是无法也不会与别人相比较的，独一无二的幸福。

影院里的人

你常一个人去看电影吗?

如果你的脑海中第一个跳出的是"孤独",那么,恭喜你,你一定不是一个孤独的人。至少,你不是常常一个人去看电影的。

菲茨杰拉德写道:当孤独强加于你的时候,一个人安安静静地计划怎样求得片刻安闲,已经失去了全部魅力。

毕竟孤独只是脑海中的意向。真正的孤独大概是孤单而不自知,像是海中的孤岛。茫茫大海,孤岛若自以为孤独,必定是已然见到了遥远连绵的岛屿和陆地。不然,它可能认为世界本该如此。

如果不是情绪低落的时候,一个人在人头攒动的电影院看电影,感觉是热闹而又自在的,是扎扎实实的快乐。电影开始后仍抱歉说着"借过"的年轻小情侣、上了年纪的几个老太太,或是叽叽喳喳穿着短裙的若干小女生……每个人都是快乐的。

很多时候只有在银幕亮起而我们身边的光随之暗下来之后,我们才真正成为一个旁观者。每个人都是自己生活的主角,同时也是别人生活的参与者和看客。只有在影院的黑暗中,我们才真正褪去了主角和参与者的外衣,成为彻底的看客。

黑暗隐没了观众的表情,无须言语,亦看不清神态。毕竟银幕的光太明亮,我们面前漂亮的、沧桑的、可爱的、悲伤的角色们正竭尽全力演一场好戏。它可能源于生活,可能又与生活不同。它是我们眼中别人的世界,与我们擦肩而过。

树林。荒原。冰川。河谷。沙漠。

战场。情场。职场。猎场。名利场。

亲情。友情。爱情。悲情。热情。

此时，需要的只是观众，彻彻底底的观众，沉默的观众，试图在短短一瞬逃离现实的观众，甚至不需要你的反馈。你会听到人群中窸窸窣窣的声音、微微的哭泣声、嗤嗤的笑声，全场爆发出的大笑和很偶尔的一阵掌声。

你觉得自己看的不仅仅是一场电影，还有电影院里的众生百态。这些是和电影遥相呼应又息息相关的。

尽管你拒绝认为自己也是这众生百态中的一环，你坚持认为黑暗中的自己只是一个纯粹的观影者，一个此刻隐蔽于黑暗中的观影小团体中的一员。你只是与一群互不相识的人一起在看一场戏而已。

人是生活在群体中的，又渴望无拘无束的自由。影院里，你宁愿相信自己的故事暂时告一段落。接下来，灯光亮起，你的身旁慢慢暗下来。

像茫茫大海中的一座孤岛，你开始沉默地望向前方。

很偶然地，你可能会一个人坐在空空如也的电影院里看一场电影。

就是那种很喜欢的影片，工作日里买了票，却一直到工作人员关上影厅大门，灯光暗下来的那一刻环顾四周才发现自己孤身一人。

开始时很兴奋，觉得空间广大，那么多空空旷旷的座位只有你自己，恨不得躺着看，盘起腿看，把腿搭在前面的椅子上看。

但并没有。只一会儿，你就厌倦了。

人们从各自家中汇集到电影院中，除了喜欢大银幕，还喜欢人头攒动的感觉，那种和许多相似之人一起看电影的感觉。银幕上的每一句对白都被无数个大脑一起承接、分析、吞吐、容纳，就连悲喜都被放大了无数倍，每个人都以自己的方式处理着自己的情感。

你以为这些都是对自己毫无影响的，直到有一天一个人坐在空旷的电影院里。

看的是《蓝精灵》。被格格巫抓到的小精灵中有一只很调皮又傻傻的，意一下子从高处落下来，发出"砰"的声响，就此暴露了所有人。

你习惯地感到惋惜，又觉得剧情有点简单。蘑菇小房子让你想起幼稚园时的玩具。于是,你下意识地在影院中捕捉类似的氛围。

那种人群中散发出的微微不耐烦又好笑的气氛。

这时,你才意识到自己是一个人在看电影。已经快到五月,港岛就要入夏,影院里却还是冷气十足,就像在秋天里。

你裹紧了衣服,喝几口进场前买的热茶。这茶还剩一点点余温,然而在空旷偌大的电影院里仍显得微不足道。

你想起从前一个人在拥挤的电影院里的时候,竟然觉得周围并不是冰冷的海洋,而你也不是一座孤岛。

在你的身边,那分明也是许多座同样的孤岛啊!

李雷和韩梅梅

周五我去广州出差。因为早早结束了,就去看下午场的《李雷和韩梅梅》。偌大的电影放映厅里只有我们两个人和一整个房间的蚊子,它们像是困了整个夏天的饥饿的小兽,向我们发起了猛烈进攻。不一会儿,涂了防蚊霜的我们仍被咬得生无可恋。我膝盖上被叮了两口,急急拿出防蚊霜重新涂过。

电影与此同时保持着拖沓的步伐同步进行着。整个情节似乎是青春电影几个片段的拼凑,利用了怀旧情结放映了一长篇的流水账。该强调的部分带过了,着重的补课、乐队、小卖部、棒棒糖、小纸条和暗恋的元素却找不到贯穿的主线,只是一个个开始和结束,谈不上任何展开,也没有具体的内容。

最直观的感受大概就是怀旧花絮集合了吧!升旗仪式和老式录音机有点从前的样子,却模模糊糊不真切,因为太多跳跃不连贯的情节,反而给人的冲击力不大。

结局更像狗尾续貂的最后尝试。延续了荧光手电的线索,却是韩梅梅经过十几年终于发现了无线电调频。然而画面那边,李雷仍然守在无线电的另一端,终于接收到了来自韩梅梅的信息,只是一句话,电影就匆匆戛然而止。

看过电影的网友纷纷在豆瓣上留言,说这是一场生硬拼凑的强制怀旧,并没有触碰到真正的内涵。与此同时,一个结局得到了许多人的点赞:李雷和韩梅梅十几年后于街头相逢。在热闹的熙熙攘攘的人群之中互相见到,瞥了一眼,然而都没有说话,只是再一次默默擦肩而过。两人心中都隐隐有着不安和无奈。毕竟时过境迁,大家身边都已经有了那个 Ta。

人们小的时候会喜欢团圆,热爱皆大欢喜的结局,希望有情人终成眷属,非黑即白。长大后当然也渴望圆满,但总算经历了一些事情,知道世事并非总是完美，有时竟然也可以欣赏遗憾的美感了。觉得遗憾，反而更加符合现实。毕竟现实之中有诸多无奈，大多数的爱情故事是思而不得，是被迫做出妥协，是墙上明月光。

那种花好月圆有情人终成眷属的故事之所以令人快乐，是因为物以稀为贵。难全的事情太多，多数人只是从委屈中寻求和解，从妥协中寻找现实的出路罢了。从这一点来看，编剧倒是比90后更像个孩子。

Eason在歌中唱道：当世事再没完美，可远在岁月中寻你。新版教材里的韩梅梅已经嫁为人妇，她的丈夫叫韩刚，有了两个孩子——韩可可和韩惜惜。李雷已经成了一个戴眼镜的英文教师。没人知道他是否建立了家庭，可是他们还是出现在课本里，出现在新一代孩子们的视线之中。

我们90后教材里的两个学生，那两个梳着学生头每天进行标准日常对话的像我们一样的孩子，已经在教材里结婚生子。也许歌曲里的情节才是最平常的存在：

后来听说Li Lei和Han Meimei
谁也未能牵着谁的手
Lucy回国Lily去了上海
身边还有了那么多男朋友
Jim做了汽车公司经理
娶了中国太太衣食无忧
Lin Tao当了警察
Uncle Wang他去年退了休
有点遗憾Li Lei和Han Meimei
谁也未能牵着谁的手
一样的是我们都有了个
当初不曾料想的以后

这大概就是90后想在电影里寻找的东西，不是寻找一种完满，而是一种现实之中不甘心的真实感。这一代人还没真的变老,却离青春读书的日子渐行渐远;踏上社会,渐渐成了这巨大时代机器中的一颗小零件,在轰鸣的车轮中被裹挟着前行。再想起读书时的模样,想起从前的故事,想起从前的你身边朝夕相处的人。

于是,许多人觉得自己就是那个李雷,就是那个韩梅梅。

大家走进电影院,是向过去问好,也是与过去再见。

过 年

记忆里幼时的春节是大红色的,是北方漫长寒冬中冰天雪地里的一点红。

那时冬天极冷。家家户户房檐下面都坠着透明的长的冰锥子,尖尖吊着,晶莹剔透,折射着七彩光束。早上起来,整个城市都弥漫着一阵轻松的带着炊烟香气的雾气,像是刚刚睡醒一般,揉着惺忪的睡眼,万物都看不真切,隐约着轮廓。

那时的雾气还不是现在出门要戴口罩的污染雾。那时炊烟里的雾气是家的味道和家的感觉,转瞬之间也就消失不见了。天一下子亮了起来,放晴一样蓝得耀眼。

又常下雪,铺天盖地的银色世界。雪是极松软的,因为大气冷,也不融化,松松落落堆成厚厚的一层,就在雪地里打滚,堆雪人。戴着厚厚手套的手不一会儿就冻僵了,却还要微微勾起手指,给手里团好的雪人脸庞加一个大大的向上翘起的嘴角。

也喜欢一起放鞭炮。最爱的是那种不响的,颜色却极美,点燃后有白色火花"刺啦刺啦"绽放出来,像夜空中忽明忽暗的星河。那光束在寒夜里不断摇曳,绽放出一层层花瓣般的轮廓。光本身也是旋转的,暗夜里映出各自的脸庞。我们也随着那星星点点的微白色火花笑着,跳着,转着圈,仿佛手中捧着眨着眼睛的繁星。

也喜欢看大人们放长长的红色鞭炮。用细绳子串成一长串,是一个个小小的红色的结,这边一点火,那边就啪啦啪啦竞相炸开来。红色的穗子飞了一地,发出昂扬的爆破声,很远都可以听到。看上去就像是一个个愤怒的红色小精灵,高高跃起在空中,继而炸出明亮的声响,化成一个亮闪闪的光晕,消失在空气中的烟雾里；又像是冬日里的一颗颗红色小辣椒，呛鼻的气息揉在空气中，转眼之间就有烟雾弥漫开来，如浓得化不开的回忆，四散进入深远的天幕中。

还有一些大烟花。桶装的放好在地上，匆忙点火，再匆匆跑远，就有一个个巨形烟花从桶中喷薄而出，也不在空中停留，而是极快地直冲云霄，绽出一个绚丽的光影，像是孔雀开屏时披散的羽毛，又似流光溢彩的光的歌唱。

小时候，我真以为年是一只凶猛的兽，而我喜欢的则是冬日里阖家欢聚的感觉。

北方的冬末，空气中有冷冷的炊烟的味道，四野都萧索。树木也都失去了颜色，像是一个个怔怔发呆的老人，兀自坐着，沉默于城市充满了汗和灰尘的冬日空气里。冬天的城市也渐渐慢了下来，常是有雾的。因为看不清，天空失去了颜色，万物显得慢而荒凉，像是旧时光变成一张花了的唱片，在唱机里哑了声，只偶尔吐出几个苍白的字句，词不达意，乱了节拍。

然而，对于合家团聚的人们来说，又是截然不同的心境了。那时，我喜欢去追邻居家的小黑狗玩，看它在烟火之中惊慌失措的样子。有一次，它不小心钻出来被鞭炮熏到脑袋，几天都是黑而傻的样子，一有声音就钻到房间里去。

也喜欢看大人们忙来忙去准备年货，包饺子。将面揉好，剁好馅料，再用擀面杖飞快地擀面皮。指尖飞舞中，面杖快速移动，一个个面皮玲珑剔透地出现了。很快，它们就带着馅料，在锅内像一个个饱满的婴儿浮出水面。

有时候无事可做，就这样看着天，见空中偶尔飘过的云絮，不断变换着形状，跟随亘古不变的风。阳光依然慵懒地挂在山头，稀疏的色彩，是冬日常有的模样。心想着，时间过得好慢，何时才能长大？

转瞬间，却又希望时间过得慢一点，再慢一点。内心深知自己是贪婪而善变的，却不由得希望青春不要走得太快。

觉得时光可怕也是近几年的事了。才一眨眼，又是一年春节。在外工作生活久了，对家乡的小城竟也生出很多眷恋。我生活的南方都市节奏很快，摩天大楼拔地而起，整个城市像是密不透风的高大水泥森林。风被密密地挡在城外，庞大的城市终年氤氲着潮湿的空气。穿梭于街道的人们脚上生风，食肆里熙熙攘攘，到处都有极高的效率和稀薄的微笑。

这个城市一年四季都不落雪，空气是迷雾般的存在。有时也不禁想起家，那座北方的小城，会落雪的冬天和干燥的空气，似乎刚出门就能把整个身体冻起来。

于是每次过年就匆匆回家，终日无所事事，却也极为快乐。喜欢在下雪的日子里在高楼上看着雪花从空中坠落，天穹白茫茫的什么都看不到，却是深邃广远的存在。雪花就一瓣瓣从那白色的茫茫然中飘落下来，被风吹着在空中打转，回旋着，轻轻唱着歌，慢慢落下来。

有时候雪下得慢，雪花一转眼就不见了，只剩地上潮湿的一小洼水迹。但更多的时候是大片大片的雪密密落下来，铺天盖地。

这样一夜，第二天一早，又是一片洁白的天地。白色的海面泛着波涛，白色的屋顶，树木都像落了一层白色巧克力糖霜。

我闭上眼睛，心里的快乐像泡泡一样咕嘟咕嘟冒着，仿佛又回到了童年，那些漫天大雪里过年的时节。我们在雪地放鞭炮，看金色的烟火升腾在空中，听着"噼啪"的爆炸声音，捂着耳朵，跳着，笑着。

就这样呆呆地看着下午的太阳懒洋洋挂在山坡，闭上眼睛微笑，知道明天转眼就会到来。

有时感到孤独，可能只是不够辛苦

高中毕业离家到香港读书，辗转求学，一个人拖着行李箱去加拿大、澳洲，时常感到孤独。

习惯了北方干燥的天气，晴日里太阳晒得一切都暖洋洋的。香港是个终日氤氲着潮湿水汽的城市，仿佛衣物放久了都洇了一汪水。

我的皮肤敏感了一段时间，常常泛红。出门时要擦很厚的粉底，精心化了妆，却因底子有些红肿，始终有一种奇怪的错位感，像是故意漆饰的白墙。原是斑驳，过多的修饰只能显出坑坑洼洼的内里。

那段时间很少出门，大多是一个人。也喜欢黑暗的夜色和幽暗的灯光。觉得暗夜是最好的遮蔽，可以抛开一切浅层外表的阻碍。

年轻的时候，我们误以为孤独是忧郁的气质，以为我们的眼睛可以看透漆黑夜色里的真谛。

那真谛其实也只是孤独罢了。

后来皮肤好了，也常常是一个人。一个人去电影院。四周的灯光暗下来，明亮的银幕在正前方，夺目耀眼，是精致铺排好的悲欢离合。观众坐在银幕下面黑暗的阴影里，隐没了表情，像是一群躲在暗处观察大千世界的孩子。

借着黑暗的保护色旁观丑陋和美好，一颦一笑之间，个体不再是整个空间的中心，自己的生活褪去了一丝颜色，让一步给银幕上的人间悲喜。这是我最初理解的孤独。

也曾一个人去火锅店。看着水汽蒸腾，咕噜咕噜的水花在锅中涌上来再慢慢落下去，起于沉寂，final是一个完美的周期。世间万物都有周期，花开花落，从草长莺飞二月天到寒天腊月白雪皑皑，再到下一个吹面不寒杨柳风。万事万物都延续着,以自己的模式。

正像火锅店里来来去去的人们。那么多过客来了又去,我面前的锅里的水烧开了又冷掉。

见到循环往复的过程,沿着时间的轨迹慢慢向前移动,不为任何事情停留。这是之后我眼中的孤独。

也曾写过在加拿大读书时的经历,偌大的校园很少黄色皮肤的亚裔。我一个人走在满是人群的校园中,与那么相似却又那么不同的人流走在一起,却又那么孤单。

像是一滴水融入大海。个体与个体之间是时刻关联的,却又若即若离地存在。喧嚣之中,我和他们的联系从未消失,却也无从开始。这是人群之中的孤独感。孤独不是因为人数而改变的,不会因为在撒哈拉大沙漠独自行走就多一分,也不会因为在喧嚷的闹市区就少一点。

它是主观的存在,孤独与否只在你的心中。

后来我回到香港喜欢一个人逛街。为了一份宁静与放松,可以安安静静地走走看看而不需要寒暄和交谈。也是因为读书太累了,课业繁重的时候满脑子只有落下的功课,读完书往往已经疲惫不堪,很快就睡着了。

在华灯初上的铜锣湾逛街,看到街上一排排路灯被一盏盏点亮,橱窗里灯火通明,背景是一栋栋摩天大楼眨着眼睛。

黑夜里的光芒甚至胜过白昼。灿烂的地方未尝就没有孤独。灯光的背后也只是一个个故事。故事平等地发生在白天和黑夜,不因光亮的多少而有区别。

我往往在逛街的时候看着这些满世界的亮光发呆,脑子里倒也不觉得孤单。

我猜人特别累的时候往往想得少。因为疲累,似乎更珍惜片刻的闲暇时光。读书的时候我常是一个人,想得更多的是未完成的功课,即使逛街也是一会儿就回去继续读书了。

这对我的影响一直持续到后来。常常在媒体中看到关于大龄剩女、单身族的报道。我们这一代人自出生起就是孤独的。大部分都是家里唯一的孩子,长大后也通常有一个人旅行求学的经历。小小年纪已经拖着行李箱满世界跑，孤独并不会因为到了特定年龄没有结婚而多一分或少一点。

很多时候，所谓的孤单都是主观的，因为不够累。读书的经历告诉我，如果孤单了，试着给自己找点事情做。

累了往往也就不会想太多。想太多都是空虚惹得祸。

实在要想，那就想开一点：茫茫人海中如果你形单影只，那不如快乐一点。说到底，快乐是自己给自己的。如果不开心，别人也没有逗你开心的义务。

如果孤单就让生活充实起来，毕竟生活永远都是自己的，快乐也一样。

造 梦 者

我是一个造梦的人。

我给沙漠里的人们看一望无际的大草原，给他们听流水的声音，是山间清泉潺潺流过的梦境；我给饥饿的人看飘香的稻谷，看河里的鲈鱼跃出水面，闻桂花香气里锅里炖煮的腊肉味道，那是丰收的滋味；我给山里的孩子看大海和湖泊，看山外的城市和城市里摩肩接踵的人群，那是不属于群山的拥挤和喧嚣。

有时候，我也给上班的人们造梦。那是一群漂泊的游子，每日拖着疲惫的身躯回到郊区小小蚁穴，在仅容一床的小屋里安静下来，像是飞鸟停栖在海面的岛屿上。这时候他们就会想起我的那些梦。梦里时光从容，午后的阳光静静从落地窗外照进来，一切都有着安逸淡泊的感觉。梦里是几千公里外的海岛，他们正戴着墨镜晒着太阳，家内窗明几净，厨房里正热着饭，客厅里孩子在咿呀学步，妻子看着孩子温柔地笑。

你可能会说我残忍冷漠，只给人看他们触碰不到的生活。然而，何谓"梦境"呢？你又想在梦境里看到什么？是每日龃龉，还是那些曾经出现在想象之中的生活？何不在梦里，再活一次？

因而我不会说自己冷漠，毕竟这只是我的职业。我相信，要造梦，就努力造漂亮的美梦。

我因而尽职尽责。我给盲人做美丽的乐曲，用盛夏里的蝉鸣和密林里鸟儿的歌声，带他们去夏日里的森林；我给聋哑人做精致的画面，是他们自己的回忆中的样子，每个人都仿佛回到过去，回到自己没有选择的生活，再活一次，这一次会成为不一样的自己；我给伤心气馁的人一个治愈的美梦，那些人流着泪，抱怨生活之不公，人之为人是要肩负着怎样的重担和何等的生而不平等。于是，我给他们看一个完美的世界，所有人都是相同的模样，做相同的事情，重复同样的生命轨迹。

直到他们自己都觉得厌烦，于是，睁开眼睛。那梦就结束了。

我并不介意人们睁开眼睛把梦打断。如果长睡不醒那梦就变成做梦者的现实。只有睁开双眼后的世界才能衬托出梦的可贵。他们还会回来，我知道。

于是，我放他们去现实中去，带着治愈好的一颗心，面对现实中的种种挫折或是成功，直到他们再次回来。

有一次，我看到一个小孩子，瘦小的身体，大大的肚子，憔悴的失了颜色的脸庞。他看起来像是累极了，却没有足够的力气说话，只是黯然坐在地上。

于是，我想要做一个梦给他，却犹豫了很久。这一次，我不想给他关于美食的梦，因为深知那是残忍的。美好的梦境可以激励人们为之奋斗，但对于这个小小的孩子，这只会让他流泪。也不是关于温暖房子和很多公仔玩具的梦，更不是一个大大的漂亮的游乐场。

都不是。

我做了一个温暖的梦境，妈妈笑着抱着孩子，亲吻他的脸颊，喂他食物，带他去幼稚园。我把梦像泡泡一样展开，一幕幕包裹着他，把他放到泡泡里面。

于是，我看到他笑了。

我希望在这以后的很多很多年里，这个梦可以一直陪伴着他。每当他累了，失去了希望，都可以想到这个梦。

这个世界上有很多很多像我一样的人。有的擅长做影像，可以制作出很美的画面，里面的人儿有着天使一样的脸庞，说大段大段的长篇对白；有的则是声音方面的天才，制作很多很多优美的录音片段，里面是悦耳的歌声，听几句就让人泪流满面；也有的下笔如有神，写下很多暖心的句子，是智慧的结晶，给抑郁的人们看，给孩子们看，解他们心中的那个结，教会他们成长的意义。

毕竟，这个世界需要很多很多的梦。

当然，我的顾客中也有世俗定义中的"成功人士"。有的人被司机载了来，几百公里,坐在劳斯莱斯里;有的人来的时候身边还带了几个戴着墨镜的壮汉,神情紧张地拱卫左右,随时观望身边的形势;有的人即使来到我这里仍然不断地接电话,随口就是几亿几十亿的生意。

然而,他们依然来到我这里,坐下的一瞬间脸上是掩盖不住的疲惫。

很多人告诉我,梦醒来的时候他们流泪了。更多的人则是不在乎梦的数量,只想要更多更多的梦境,去填补现实的空虚,去构建一个现实之外的虚幻世界,然后躲在里面。

曾有一个人来到这里,一脸忧郁。他说他的生活是失落了梦的。他觉得世界之折之远,他可能永远没有办法体验了。世界就像一个匆忙旋转的圆,而他站在自己世界的圆心,脱离不得,只能承受越来越多的压力和负担,日复一日在水泥森林中苟活。他说他一直都想要另外一种生活,想要其他的可能性,想要看看自己世界之外的天地。

于是,他去一个又一个造梦人那里,寻找不同的梦。时间久了,这便成为他生活之外的唯一消遣。他就是要很多很多的梦,去填补生活中很多很多的不可能。

我问他:"你最喜欢的梦境是什么?"

他沉默不语。

过了很久,他抬起头,说:"是一段影像。"已经不记得是哪个造梦人做给他的了,只记得是一个广场的下午,阳光明媚,两个漂亮的人儿坐在长椅上聊天。那种放松的感觉,那样好的天气,他们那样开心的表情,让他难以忘记。

我笑了,也送他一个我制作的梦。

那是一个薄薄的小册子,记录了很多个我最近制作过的梦境:有塞外明媚的草原,炊烟从草原深处袅袅升起;有大洋上的小岛,依稀漂在茫茫蓝色海水之上,身后游过几尾颜色艳丽的热带鱼;也有美国公路上随意开这敞篷车的情侣,戴着墨镜,头发被风吹起,一阵风似的掠过漂亮的西部海岸线。

我把这些全都写下来,送给他。

这是我给你的梦,我说,一个个文字做的梦。只要你翻一翻,就可以看到生活的不同样子。

那不就是你想要的梦境吗？去体验不一样的生活，去自己去不了的远方，去惊险刺激地跳伞冲浪，去温馨浪漫地约会，去和漂亮的人儿聊天，去海上、山上、沙漠里、荒原中。

他笑了。点点头。

我也笑。

我依旧造梦，依旧记录自己制造的梦境。过去有时候用音像，现在则更多是用文字。人们需要我们，正如我们需要他们一样。我们编织的是他们需要的远方，而他们制造的，正是我们身处的现实。

有时候，我也去他们之间走走，就好像走在梦境中一般。

那是我的梦境。